W0301774

# LE CIMETIÈRE DES FOUS

Un ancien astronome s'est réfugié dans un hangar désaffecté. Jusqu'au jour où une jeune femme, Louise, fait irruption dans son univers. Peu à peu, une étrange relation s'installe entre ces deux êtres repliés sur eux-mêmes.

Une voiture stationne dans le terrain vague aux abords du hangar. Des inconnus traquent et épient dans l'ombre. Thomas tente en vain de rassurer Louise, de lui éviter de sombrer dans ses obsessions et ses terreurs. Mais la peur et l'attente s'insinuent lentement, inexorablement, et plongent bientôt les deux personnages dans un véritable cauchemar.

La fable révèle aussi d'autres angoisses : celles des vies parallèles, de l'étouffement des faibles par les forts, des traques infernales qui rongent les coupables.

*Dan Franck a publié plusieurs romans dont* Les Calendes grecques, Les Adieux, Nu couché, Bohèmes *ainsi que* Les Aventures de Boro, reporter-photographe, *en collaboration avec son ami Jean Vautrin. Il a reçu le prix Renaudot 1991 pour* La Séparation, *roman qui a été traduit en dix-huit langues et porté à l'écran par Christian Vincent.*

Dan Franck

# LE CIMETIÈRE DES FOUS

ROMAN

Flammarion

TEXTE INTÉGRAL

ISBN 2-02-038106-0
(ISBN 2-08-066394-1, 1re édition
ISBN 2-02-020423-1, 1re publication poche)

© Flammarion, 1989

Le Code de la propriété intellectuelle interdit les copies ou reproductions destinées à une utilisation collective. Toute représentation ou reproduction intégrale ou partielle faite par quelque procédé que ce soit, sans le consentement de l'auteur ou de ses ayants cause, est illicite et constitue une contrefaçon sanctionnée par les articles L. 335-2 et suivants du Code de la propriété intellectuelle.

*Pour Françoise*
*Pour Gérard Mordillat*

*Une cage partit à la recherche d'un oiseau*

Franz Kafka

On m'a donné le jour, c'était un cadeau empoisonné. Voilà ce que je me suis dit après que l'on m'eut fait entrer dans la pièce et asseoir sur la chaise. L'épouvante m'avait abandonné. J'étais capable de voir et d'entendre, de bouger bras et jambes, de respirer l'odeur infecte sans émotion particulière. Je savais où je me trouvais, ce que j'y faisais, pourquoi je devais y rester. C'était là, mais pas en moi. Une distance infranchissable me séparait du monde extérieur.

On a branché une lampe, ouvert une chemise. J'ai frotté mes doigts contre ma paume, me répétant à voix basse : « C'est moi, c'est moi. » Je n'ai touché que de la peau. C'était la mienne mais ç'aurait pu être une autre. Elle avait un grain, une élasticité, elle m'appartenait, m'enrobait, mais tout cela de très loin. Elle était à sa place. J'avais perdu la mienne.

J'ai observé le bureau. J'allais devoir défaire les alvéoles de ma vie sur cette surface neutre, cette table de fonctionnaire effroyablement carrée derrière laquelle deux hommes attendaient, l'un assis, l'autre debout. Nous étions face à face pour la première fois, enfermés entre des murs blancs, cloués sur nos sièges par un néon sale qui tombait du plafond comme un scialytique dans une chambre froide. Nous étions là pour moi, seulement pour moi.

On m'a parlé, sans rudesse m'a-t-il semblé. Je n'ai pas écouté. Mon visage s'est incliné sur l'écharpe noire et j'en ai respiré l'odeur, longuement. Puis j'ai relevé la tête et j'ai dit :

« Je crois savoir ce que vous attendez de moi. »

J'ai promené ma main sur le tissu, une fois vers le haut, une fois vers le bas.

J'ai ajouté :

« Ces dernières années, j'ai parlé pour ne rien dire. »

Je leur ai adressé un pâle sourire.

« Entendez bien : c'était une forme de silence. »

Ils sont restés muets. J'ai attendu un instant avant d'ajouter :

« Aujourd'hui, j'essaierai de faire mieux. »

L'un des hommes s'est déplacé pour s'asseoir à une petite table latérale. J'ai entendu un cliquetis de machine à écrire.

« Je m'appelle Thomas Kilimnik, ai-je dit. Mes parents sont nés dans un autre pays que celui-ci. Cela devrait suffire. »

Je les ai priés de passer rapidement sur les questions de naissance et d'état civil. Mon père, ma mère : qu'ils ne comptent pas sur moi pour tirer les ficelles de l'arbre généalogique. J'ignore où sont mes racines et même si elles existent. Avant, j'étais une branche attachée à un tronc. Le tronc a été haché menu par les chagrins et les douleurs, la branche est tombée, elle a tenté de survivre, je suis là. C'est ma seule liberté. Je ne tiens pas à ce qu'on s'égare. On commencera là où j'ai choisi de commencer, ce jour assez lointain où je me suis installé dans le hangar. Peu importent les circonstances dans lesquelles j'y suis arrivé, pourquoi j'ai décidé d'y rester, ce que je comptais y faire : l'essentiel est qu'ils m'y aient découvert. Avant, après... Les explications leur seraient incompréhensibles. Au moins pour le moment. Elles leur permettraient d'afficher l'expression niaise et paternelle propre à ceux qui s'honorent de la faculté de comprendre. Ils en sortiraient d'autant plus grandis qu'ils m'auraient réduit à des schémas douteux et sans importance, ma vie, ou ce qu'on appelle tel, n'étant qu'une succession d'instants désordonnés, un jeu de cartes battu dans le désordre. Mon destin ne les regarde pas. S'ils me le demandent, je dirai que je suis un voyageur, une sorte de saltimbanque. Sans besoin ni exigence. En principe, libre d'aller et de venir dans un sens puis dans l'autre, longueur ou largeur, tout dépend de ce que j'ai à faire. Sachant accomplir les fonctions indispensables à la survie et à la reproduction de l'espèce. Je n'ai rien d'autre à dire sur moi-même. S'ils insistent, je me creuserai la cervelle pour y découvrir des fantaisies. Je dirai, par exemple, que j'aime les pommes de terre. Ou que j'ai des pensées. Enfin, des choses de cet ordre. Le reste m'appartient.

Je me souviens du jour. Pas de la date mais du jour. A eux de faire les recherches. Comme chaque matin, je me suis éveillé avec un goût amer dans la bouche.

Je suis resté allongé sur le côté, émergeant avec lenteur de ces fonds sous-marins dans lesquels, depuis sept mois, ma mémoire cherche en vain une forme, une peau et un visage. Il y avait dans mon hangar comme un parfum désolé. Un silence de catafalque. Nous étions seuls, les murs et moi. On s'observait en chiens de faïence, eux formant coquille et moi les saluant, de mon matelas.

J'ai fait comme d'habitude. D'habitude, je détermine un angle de vision, soixante-dix degrés à droite, horizontalement, je crois. Je tombe sur la niche creusée dans le béton. Cette niche ressemble au cratère de Gassendi, qui s'enfonce dans le quadrant sud-ouest de la lune. Plus haut, il y a la mer des Humeurs, avec ses plis et ses fissures. En bas, c'est l'océan des Tempêtes, ses fondrières aplanies, une immensité bleutée qui vient paisiblement mourir sur les bordures de reliefs inconnus. De l'autre côté, muscles oculaires bloqués à quatre-vingt-dix degrés, cinq aspérités parfaitement ciselées qui m'apparaissent tantôt comme un W, tantôt comme un M : la constellation Cassiopée. Puis : la nébuleuse d'Andromède, à peine discernable dans l'ombre, Altaïr, mi-blanche mi-jaune, proche d'un soleil fondu dans la roche, la Croix du Sud, Pégase, les pâles étoiles du Poisson austral. Et ainsi de suite. Je ne m'étends pas. Mon hangar est un bric-à-brac peuplé d'astres et de comètes dont je connais toutes les fantaisies. Mes cauchemars s'y émoussent, perdant sur la pierre leurs arêtes les plus tranchantes.

Ce matin-là, je me suis levé. Le fait vaut d'être mentionné. Il prouve que je ne manque pas de courage. Souvent, je ne me lève pas. Mais certains jours, lorsque le hangar n'y a pas suffi, seul le spectacle de la route parvient à recouvrir les houles de la nuit. Je suis donc sorti et j'ai attendu. Près du cèdre, je me souviens. Je regardais à travers les branches. Un couple marchait sur la nationale. La plupart du temps, seules des autos passent sur cette route. Les promeneurs sont rares. C'est pour cela que je me suis intéressé à eux.

La femme marchait derrière l'homme. Celui-ci m'a tout d'abord semblé assez vieux. Soixante-dix ans. Cette impression venait de ce qu'il avançait très lentement. Et aussi de sa tenue : il était habillé tout en noir. J'ai pensé qu'il revenait d'un enterrement, ou encore qu'il y avait été dix ans auparavant et qu'il n'avait pas cessé d'en revenir depuis. Il portait le deuil. Je suis monté sur l'arbre pour mieux voir. Il n'avait pas soixante-dix ans. Probablement pas plus de cinquante. Il allait à pas lents, tête baissée. Sans doute accompagnait-il la femme depuis longtemps. Il avait les cheveux courts, bouclés, de couleur châtain. Je m'étais tout a fait trompé. Ce n'était pas un vieil homme, pas même un homme mûr. Trente-cinq ans tout au plus. Il portait un pantalon noir, une veste de même couleur et une chemise grise.

La femme tenait une valise en carton dans la main droite. De l'autre, elle serrait contre elle les plis d'une robe ample, trop longue pour elle. Ses cheveux étaient d'une teinte particulière, entre le blond et le brun, virant sur le gris alors qu'elle ne devait guère avoir plus de trente ans. Elle allait en regardant droit devant elle, tournant parfois la tête sur le côté en un mouvement mécanique qui provoqua un long frisson en moi. Mon regard se porta sur l'homme, puis plus loin, derrière les collines. Mais je ne vis rien.

Le couple passa devant le hangar. La femme eut à nouveau ce geste. Elle le fit trois fois en moins d'une minute. Je l'observai attentivement puis je descendis de l'arbre et marchai derrière les deux inconnus, à cent mètres de distance. Ce fut plus fort que moi. J'étais attiré par la femme. Je regrettais de ne pas avoir vu son regard.

J'ai observé son manège pendant quelques minutes puis, pour ne pas l'effrayer, j'ai obliqué vers le terrain vague et j'ai marché parallèlement à la route, au ras des arbres. Passé le virage, je me suis demandé où cette poursuite allait m'entraîner. J'ai marqué le pas. C'est alors que quelque chose est tombé de la poche de la femme. Ça brillait. J'ai fait quelques mètres puis je me suis penché sur le sol, à l'endroit où l'objet s'était perdu. J'ai ramassé un canif. La lame était rouillée et arrondie en son extrémité. J'avais déjà vu un couteau semblable. Je savais d'où il venait. J'ai serré le manche dans la main et me suis remis en route. Je comptais rendre le couteau à l'inconnue. Je voulais la voir de près, plonger mon regard dans le sien. Une excitation malsaine m'avait gagné.

Nous sommes arrivés à cet endroit où le terrain vague meurt sur ses bordures. La route filait en ligne droite entre les derniers champs labourés. Bientôt apparaîtraient les murs du cimetière, puis ce serait le dépôt de papier et, enfin, la ville. J'ai glissé le canif dans ma poche, je l'ai sorti, je l'ai frotté contre ma main et sur ma chemise pour le nettoyer. Et à la fin, je veux dire avant d'arriver aux barbelés, je l'ai perdu. Je me suis arrêté et j'ai regardé par terre. Il y avait des dizaines et des dizaines de cailloux. Je les ai tous observés. Je les ai même retournés pour voir si le canif n'était pas dessous. Je n'ai rien trouvé.

Lorsque je me suis relevé, le couple avait pris de l'avance. La femme était passée devant ; elle avait disparu derrière le virage. L'homme était semblable à une ombre. Au lieu de le voir tel qu'il était, debout sur la route, je me le suis représenté comme ma propre silhouette reflétée sur le sol par le soleil. Non pas une ombre, mais la mienne. C'est cela, d'ailleurs, qui m'a fait renoncer. J'ai pensé que si je prenais sa place et rattrapais la femme, elle pourrait croire que je tentais de la dépasser. Elle hâterait le pas, je ferais de même, nous arriverions à la ville trempés de sueur, l'un derrière l'autre, en bon ordre, pour rien. J'ai songé que son histoire, après tout, ne me regardait pas. Elle pouvait marcher, et l'homme derrière elle, ce n'était pas mon affaire.

J'ai fait demi-tour. A un moment, je me suis retourné. Devant, loin devant, l'homme n'était plus qu'un point noir. Une voiture blanche est passée, qui roulait au pas. Deux individus l'occupaient. Je les avais déjà vus, et l'auto également, la veille ou l'avant-veille. J'aurais dû y prêter plus d'attention.

Tout le jour, j'ai attendu la femme. J'avais fini par me persuader qu'elle ou le canif, c'était du pareil au même. N'ayant pas retrouvé l'un, je pouvais guetter l'autre. Et le sort m'a été favorable puisque je l'ai revue. Le soir, peu après six heures.

La scène ne vaut pas d'être contée : c'était la même

que celle du matin, mais en sens inverse. Une sorte de vie quotidienne. La première fois, elle venait du sud et allait vers le nord, il était dix heures, la journée commençait. La deuxième fois, elle allait du nord au sud, il était six heures, la journée finissait.

L'homme marchait devant. J'ai quitté le terre-plein pour aller à sa rencontre. Lorsqu'elle m'a vu, la femme s'est arrêtée. L'homme a hésité quelques secondes puis il s'est approché. Ses poings étaient serrés. Il paraissait nerveux. Je n'ai pas eu besoin de l'observer plus de quelques secondes pour comprendre qu'il venait du même endroit que la femme.

« Vous avez perdu un couteau », ai-je dit.

Il m'a désigné sa compagne d'un geste du menton.

« Il est à elle. »

J'ai regardé dans la direction qu'il m'indiquait. La femme avait disparu derrière les épaves qui encombrent le terrain vague, en face du hangar.

« Vous nous avez suivis ce matin...

— Pas longtemps.

— Pourquoi ?

— Pour rien, ai-je dit doucement. Je me promenais... »

Il a esquissé une grimace.

« Je ne vous veux aucun mal. S'il n'y avait pas eu ce canif, je ne serais pas allé vers vous. »

Il m'a regardé droit dans les yeux puis a baissé le visage.

« Vous avez un accent... »

Je n'ai pas répondu. Ses mains se sont ouvertes.

« Il fait un temps très doux pour la saison. »

J'ai hoché la tête.

« Le printemps est précoce », a-t-il ajouté.

Puis, désignant les arbres :

« On le voit aux peupliers.

— Ce ne sont pas des peupliers.

— Peut-être bien : je ne connais rien aux arbres.

— Et aux saisons non plus : le printemps, c'est dans un mois.

— Nous ne sommes pas en mars ?

— Non.

— C'est bien ce que je disais : il fait exceptionnellement doux pour la saison. »

Il s'est écarté de quelques pas. Il était plus petit mais plus robuste que moi. Son visage était tanné. Il avait les yeux noirs.

« J'habite par là, ai-je dit en montrant mon refuge d'un signe de la tête. Je vous ai vu passer. Nous pourrions chercher ce couteau... »

Je me moquais bien de l'objet. Je voulais seulement revoir la femme. Je tentais de gagner du temps.

« Ce n'est pas un couteau mais un canif inoxydable.

— La lame était rouillée.

— Comment voulez-vous distinguer l'oxydable de l'inoxydable quand c'est neuf ? » a-t-il demandé en poussant un soupir.

« Le couteau est tombé après la courbe. Je l'ai ramassé puis je l'ai perdu à mon tour.

— Vous sauriez reconnaître l'endroit ?

— C'était par là. »

J'ai désigné un point et nous nous y sommes dirigés lentement.

« Voilà, ai-je dit en m'arrêtant. Nous sommes dans le bon périmètre. Je vais chercher ici, et vous commencerez plus loin. Mettons : à cinquante pas. C'est bien le diable s'il nous échappe.

— Le diable », a-t-il dit en s'éloignant.

Il s'est accroupi sur une petite butte. Je me suis agenouillé à mon tour. Tout en feignant de chercher, je promenais mon regard en direction des épaves. La femme demeurait invisible.

Au bout de cinq minutes, je me suis relevé.

« Il n'est pas ici.

— Et pas là non plus. »

L'homme paraissait navré.

« Maintenant, je dois partir. »

Nous avons fait quelques pas ensemble. Lorsque nous sommes passés devant le hangar, j'ai tendu le bras.

« J'habite là. »

L'homme n'a rien dit. J'ai renouvelé ma phrase, espérant qu'il s'arrêterait et que la femme le rejoindrait. Mais il a poursuivi son chemin sans même jeter un coup d'œil sur ma maison. Elle l'a retrouvé un peu plus loin. Je les ai regardés s'éloigner. Le soleil s'était couché. Bientôt, la nuit recouvrirait la campagne.

Au moment où j'allais m'en retourner, l'homme s'est arrêté. Je l'ai vu pivoter sur lui-même. Il a fait « Hep ! » et m'a adressé un signe. Je me suis approché. La femme, cette fois, n'a pas bougé. Elle se tenait en retrait, sa valise à la main. Une écharpe de soie noire était nouée autour de son cou.

« Pourriez-vous héberger une personne ?

— Oui », ai-je dit en stoppant à mon tour.

J'étais à dix mètres d'eux. La femme s'est avancée. Elle était plus grande que l'homme. Son regard était d'un bleu profond. Il y brillait une flamme que je connaissais bien.

« Pour quelques jours », a-t-elle précisé d'une voix rauque.

J'ai tendu la main vers mon abri.

« Installez-vous. Je vous rejoindrai plus tard. »

Elle s'est tournée vers l'homme. Celui-ci paraissait désemparé. Je me suis incliné vers lui et les ai laissés seuls. J'ai fait quelques pas dans le terrain vague. Lorsque je me suis retourné, la femme pénétrait dans le hangar.

J'ai marché pendant plusieurs heures. Je ne voulais pas troubler l'inconnue. Elle n'avait pas besoin de moi pour découvrir un coin où s'allonger. Ma présence l'eût obligée à parler, ce que je ne souhaitais pas. Depuis mon installation, je m'étais si bien habitué au silence que je ne m'imaginais pas échangeant avec autrui des propos aussi anodins que nos noms, prénoms, âges et professions. Je ne concevais pas d'établir avec la femme plus qu'une relation de brève intelligence. Une conviction fugitive m'avait persuadé qu'elle s'était échappée d'un endroit particulier. C'est pourquoi je l'avais recueillie. Peu m'importaient les raisons de sa déroute.

J'ai donc marché. J'insiste sur le terme. Je ne sais pas me promener. Jamais je n'ai cheminé au gré des pistes ou des sentiers. Toujours, je m'éloigne ou me rapproche d'un lieu qui constitue un point à atteindre ou à fuir. Ce point est insaisissable. Jadis, il se pulvérisait dans l'espace, illuminait la ligne des galaxies avant de disparaître dans les nuées, semblable à la queue de ces étoiles filantes que je suivais aussi loin que possible, l'œil rivé à mon télescope.

J'étais astronome. Pendant longtemps, j'ai cherché les cent milliards d'étoiles que compte l'univers. Les naines, les géantes, Rigel, Véga, Arcturus, leurs composantes, celles dont l'éclat varie et les autres, toutes les autres. Lorsque je marchais la nuit, regard levé, j'étais en gravitation autour des astres. Je les traquais, les identifiais, mon esprit s'attachait à l'un d'eux et j'allais d'est en ouest, du nord au sud, afin de le voir mieux ou, au contraire, de m'en écarter s'il m'effrayait. Je fouillais la Grande Ourse, je me détournais des Chiens de chasse, je gravissais des montagnes pour être plus proche, je savais me mettre à couvert, sous les arbres pour me protéger d'une première magnitude que je ne voulais pas voir. Ainsi depuis toujours. Les étoiles étaient les seuls points fixes de ma vie. Je croyais que jamais personne ne me chasserait de la voûte céleste. Mais je ne marche plus. Il y a eu un accident. Avant, j'étais capable de courir au-devant des nuages, et je l'ai fait, longtemps, sa main dans la mienne, des nuits entières. Nous allions sans itinéraires. Les routes interstellaires s'offraient à nous et nous les suivions comme des destinées ingouvernables. La dernière fois, je savais que chaque pas nous rapprochait du désastre. Elle l'ignorait. Elle croyait que je la conduisais sur la route du Dragon, puis de Thuban, de Mizar, enfin, que nous devions apercevoir au vingtième jour de notre voyage. Je la trompais sur les noms, je mentais sur mes intentions. Je voulais qu'elle s'attache à ces nébuleuses qu'elle ne connaissait que par moi, dont elle aimait l'éclat parce que je l'aimais moi-même. J'avais insisté pour que le périple se fît à pied car elle eût compris, sinon, que je la menais en un lieu où nous serions séparés, séparés, et pour rien au monde elle ne l'eût accepté si nous n'avions pas fait cette dernière route ensemble. Elle ne devait pas comprendre, elle ne comprit pas, les étoiles nous aidèrent à atteindre le premier terme, la ville, le deuxième, sa mort. C'est cette longue esquive qui devait faire de nous les fugitifs que nous allions devenir, et de moi cette sorte d'épouvantail accablé par l'éternelle solitude, un homme qui s'écartait ce soir-là d'un lieu abrité où une femme venait de pénétrer.

Je ne me dirigeais pas au hasard du vent mais vers l'ouest, l'est étant pris par elle, le sud fermé par le terrain vague, et le nord barré par des arbres aux branches frémissantes et hostiles. Je marchais comme j'ai toujours marché, le regard fixé sur la route, la main droite enveloppant une paume absente dont la douceur me bouleversait encore, malgré le temps écoulé. J'allais rapidement, comme toujours et comme naguère, fredonnant une fois encore le *duetto* de la *Cantate BWV 28,* celle qui nous accompagna durant nos nuits d'errance et qui ne cesse, depuis, de me revenir lorsque j'approche d'une ville, que je marche vers l'inconnu, qu'une personne pénètre dans ma vie par la porte principale du hangar.

A mon retour, la femme dormait. Je me suis immobilisé près du pilier principal. Elle s'était installée dans le coin nord-ouest, non loin de la pierre sur laquelle étaient posés le réchaud à gaz et les ustensiles de cuisine. Elle respirait régulièrement. Son souffle montait et descendait, glissait parfois en une sorte de balbutiement rauque semblable au point d'orgue d'une mesure à trois temps. L'amplitude de ses soupirs me laissait penser qu'elle était étendue sur le dos, à plat, les mains loin du visage. J'ai songé un instant à poser la couverture sur son corps mais je ne l'ai pas fait, craignant de l'éveiller. Je me suis décollé du pilier et j'ai gagné l'extrémité opposée. Je me suis assis sur mon matelas. Nul bruit ne me parvenait sinon la lente respiration de la femme qui se mêlait au murmure du cèdre dont les branches jouaient avec le vent. Il n'y avait pas de lune, de sorte que je ne distinguais ni la route, ni le terrain vague, ni les collines qui ferment l'horizon du côté opposé à la ville. J'étais seul.

J'ai passé cette nuit-là, la première pourrait-on dire, enroulé dans la couverture, assis sur le bord du matelas à observer l'ombre alentour. Quelques voitures sont passées sur la route. L'une d'elles s'est égarée dans le terrain vague. J'ai d'abord vu ses phares puis, après qu'elle eut viré à droite, les feux rouges de ses lanternes. Elle a fait demi-tour, cahotant sur la terre sèche avant de disparaître hors de mon champ de vision. J'ai pensé qu'elle était repartie par où elle était venue, dans le sens opposé à la ville.

Lorsque le ciel a commencé de blanchir, j'ai voulu me faire chauffer un café fort. Mais j'y ai renoncé pour ne pas réveiller la femme. Elle dormait, blottie contre le mur du fond. Je ne me suis pas approché. Seul un bourreau ou un amant peut observer une personne qui dort. Je suis donc resté à ma place, assis sur le lit, le corps enveloppé dans la couverture. J'avais froid. Mes membres étaient engourdis.

Dehors, une lune pâle et ronde, déjà brouillée par le petit jour, déclinait lentement derrière la masse sombre des collines. Une étoile brillait encore, Cor Caroli sans doute, ultime vestige du Diamant de la Vierge. Les astres s'éteignaient, emportés vers des continents noirs.

Je suis sorti avec le soleil. Il naissait au ras des nuages, après la route. La campagne était immobile. Je suis allé vers le cèdre et m'y suis appuyé. En face, le terrain vague se découpait nettement entre ciel et terre. Il s'étendait jusqu'au retour de la route, deux ou trois cents mètres plus loin, et disparaissait sur la gauche, derrière le premier virage. De l'autre côté, à trente pas du cèdre, les épaves formaient un enchevêtrement métallique à demi dissimulé par un nuage de brume. Sept ou huit carcasses rouillées, un amoncellement de tôles froissées, pillées, démolies, encastrées derrière une butte de terre sur laquelle l'herbe poussait, rase. Quelque chose en elles accrocha mon regard : une couleur plus vive, un détail que je n'eus pas le temps de définir car, m'étant retourné vers le hangar, je vis que la femme s'était éveillée.

Elle m'observait à travers la fenêtre, assise à l'endroit même où elle avait dormi. Ses traits étaient flous, mêlés aux reflets de la vitre. Je lui ai adressé un signe de la main puis, m'étant détaché du cèdre, je me suis approché à pas lents, courbant les épaules pour paraître plus petit. Elle a levé sur moi un visage étonnamment juvénile.

« Avez-vous bien dormi ? » ai-je demandé.

Elle a acquiescé sans desserrer les lèvres. Ses yeux n'étaient pas bleus mais d'un gris très pur, ourlés de cils longs et parfaits, semblables à ceux d'une poupée. Nulle trace de fatigue, aucune lassitude ne voilait leur éclat. Je me suis demandé pourquoi je l'avais vue plus âgée la veille, sur la route. Elle n'avait pas plus de vingt-cinq ans.

Je me suis agenouillé en retrait, devant les parpaings, et j'ai entrepris de faire chauffer du café sur le réchaud. La jeune fille ne bougeait pas. Elle était assise, jambes tendues, les mains agrippées aux franges de son écharpe. Elle observait le hangar.

Lorsque le café fut prêt, je lui ai offert la tasse. Elle l'a prise après m'avoir adressé un sourire triste et crispé. Elle a bu, inclinant le visage.

« Ne prenez pas froid », ai-je dit.

J'ai traversé le hangar et suis revenu avec la couverture. Elle l'a placée sur ses épaules avant de la refermer, telle une cape, sur sa gorge. Je suis passé derrière elle et ai remonté le tissu sur sa nuque.

« Au réveil, l'humidité est terrible », ai-je dit.

J'avais posé ma main un court instant sur son cou. Elle n'a pas tressailli.

« Finissez votre café. »

Elle a acquiescé mais n'en a rien fait. Son regard s'est porté brusquement en direction de la route, où une moto passait. Elle l'a suivie en fronçant les sourcils puis, après un imperceptible soupir, a vidé la tasse. Je me suis dirigé vers la fenêtre. En face, la nappe de brouillard s'effilochait au-dessus des épaves. Les carcasses n'étaient pas différentes de la veille ou de l'avant-veille. Elles n'avaient pas été déplacées. Le trouble que j'avais ressenti quelques instants auparavant n'était qu'une brume éphémère.

Je me suis retourné vers la jeune fille et j'ai dit que tout était normal. Elle n'a pas répondu. Elle traçait des figures sur le sol avec sa paume tout en observant le mouvement de sa main. Elle semblait s'être abstraite de tout pour ne plus voir que le geste lent et mécanique de cette main qui descendait puis remontait le long de la pierre. Les phalanges étaient tendues ; elle les déplaçait selon un rythme régulier, couvrant un espace de quelques centimètres carrés. Ses yeux étaient grands ouverts, cloués sur cette partie du sol qu'elle labourait en silence. Je n'avais pas besoin d'explications pour comprendre qu'elle avait accompli ce mouvement pendant des jours et des jours, et qu'ici, dans cet entrepôt vide et presque désert, elle renouait avec lui en même temps que survenaient les questions qu'elle n'avait cessé de se poser dans l'espace clos d'un lieu innommable. Il ne s'agissait pas de prescience de ma part. L'attitude de la jeune fille m'en rappelait une autre. La veille, sur la route, la manière dont elle tournait la tête m'avait troublé comme ces fulgurances qui traversent parfois l'esprit, illuminant soudain un coin sensible de la mémoire. Assis non loin d'elle, je reconnaissais cette faculté d'abstraction, cet ordre intérieur qui avait repris possession de son corps et de son esprit, comme s'il lui était impossible d'échapper à cette poigne mortelle que, ailleurs et en d'autres temps, j'avais vue s'abattre sur une personne en perdition. Elle dessinait à terre les arabesques qui la brûlaient à l'intérieur. Elle meurtrissait sa paume afin d'apaiser les souffrances enfouies. Pour la centième fois, la millième peut-être, elle tentait de défaire les nœuds qui l'oppressaient, et, lorsque ceux-ci s'étaient libérés sous ses doigts, elle en découvrait d'autres qu'elle ne parvenait pas à délier, soit qu'ils fussent trop douloureusement soudés en elle, soit qu'elle ignorât jusqu'à leur raison d'être. Et c'est faute de s'en dégager qu'elle s'arrachait ainsi les doigts sur la pierre. Je le sais car en fin de matinée, alors que je rentrais après être allé chercher du bois derrière le dépôt de papier, elle prononça un mot, presque le premier que j'entendis d'elle, le plus important de tous, celui que nous finirions par oublier alors qu'il était et qu'il reste à la base de tout. Ce mot n'était qu'une question : Pourquoi ?

Elle quitta sa place et la couverture dans l'après-midi seulement. Je m'étais réfugié dans l'angle nord-est du hangar. Je crois me souvenir que je jouais avec une écorce découverte quelques jours auparavant dans le terrain vague. Je l'avais pliée sur elle-même et, m'en servant comme d'une lunette, je regardais le ciel à travers la vitre. La jeune fille s'est plantée devant moi. De sa voix rauque, elle m'a demandé si elle pouvait faire du feu. Je me suis levé, j'ai disposé le bois dans le renfoncement relié au plafond par un conduit de tôle, puis j'ai craqué une allumette et le feu a pris. Nous nous sommes assis face à lui, jambes croisées, et la jeune fille a dit :

« Vous vivez là. »

A quoi j'ai répondu par l'affirmative, sans insister car la phrase n'était pas une question. Et ainsi a-t-elle parlé, abandonnant ses mots comme des ronds de fumée s'échappant pour nulle part. Elle a dit qu'elle m'avait remarqué la veille, lorsque je marchais sur la route, derrière elle. Elle n'avait pas accéléré le pas car je ne lui avais pas fait peur. Je ne ferais peur à personne. Elle a dit qu'elle avait eu l'impression que je venais de très loin. J'étais comme un épouvantail : maigre, voûté, des cheveux noirs, trop longs, une mine triste. Ils étaient revenus le soir car elle avait besoin d'un lieu où dormir et l'homme avait pensé que je pourrais l'aider. Le canif fut un bon prétexte. Le canif lui permit à lui, l'homme, de m'aborder le premier, de vérifier qu'en effet je ne faisais peur à personne. Elle a dit qu'ils avaient tout prévu. Il irait devant et me parlerait. Nous ne retrouverions pas le canif, bien sûr. Si j'étais aimable, il le lui dirait après qu'elle l'eut rejoint. Alors elle me demanderait l'hospitalité. Elle a dit qu'elle n'avait pas eu besoin d'entendre l'homme. Elle m'avait observé lorsque je m'étais agenouillé sur le sol. Son opinion était faite. Elle a dit que plus tard, sur la route, comme l'homme me parlait, elle avait vu mon pantalon de velours usé et mes chaussures craquelées, à lacets. Elle avait pensé que j'étais une sorte de voyageur. Elle avait cherché des traces qui m'eussent arrimé à des définitions connues d'elle. Elle n'en avait pas trouvé. J'étais bizarre. Elle a répété le mot : bizarre. Je me rasais mal. Je ne me préoccupais pas de moi-même. J'étais démodé. Tout cela lui avait inspiré confiance.

Elle a dit qu'après, alors que nous étions à quelques mètres l'un de l'autre, je l'avais regardée comme personne auparavant. Avec une étrange profondeur, Je ne l'avais pas dévisagée, je ne m'étais pas attaché à ses traits, ni à sa bouche, ni même à ses yeux. Elle avait eu l'impression que j'allais au-delà des signes, mais elle ne savait pas où, elle ignorait pourquoi. Elle était restée le matin, après le café, en raison de ce quelque chose d'autre, de ce quelque chose de supérieur qui ne ressemblait pas au simple regard d'un homme observant une femme. Elle n'avait pas parlé, mais n'avait cessé d'écouter. Elle a dit qu'il lui suffisait de m'entendre pour me voir. Elle a dit que j'avais une voix traînante, un peu lasse. Que je m'exprimais avec l'accent du Nord. Elle a dit que je venais sans doute d'ailleurs, d'une autre planète, elle ne savait laquelle. Puis, comme le bois brûlait silencieusement dans la cheminée de pierre, elle s'est tue. Elle avait parlé doucement en regardant les flammes, sans jamais se tourner vers moi. Elle n'attendait pas de réponse à ses paroles. Elle s'était contentée de considérer autrement, avec des mots, le fragment le plus accessible du tableau qu'elle avait déployé devant elle la veille, lorsqu'elle se préparait à m'aborder. Elle n'avait fait qu'exposer pour elle-même ce qu'elle avait vu et découvert, un homme et un refuge semblant l'abriter du danger.

Elle a levé les yeux vers les poutrelles métalliques, et son visage m'est apparu de profil, dans le clair-obscur du jour finissant. Ses traits s'étaient apaisés. Une mèche noire courait sur sa tempe, laissant la joue dégagée. Son regard suivait le dessin de la charpente. Pour la première fois depuis la veille, elle regardait ailleurs qu'en elle-même.

Je me suis levé. Sur le pas de la porte, j'ai dit que je devais aller au dépôt de papier avant la nuit. Nous ne manquions pas de bois, mais j'avais besoin de marcher au sein de mon propre univers, dans l'ombre, sur la route.

J'ai longé le terrain vague en songeant que ces derniers mois, j'avais vécu sur les limbes de ma mémoire. Elle constituait le seul vivier de mes émotions. Matin et soir, la douleur me prenait par le bras, m'entraînant au creux des mêmes fondrières, toujours une maison rouge, toujours une tombe ouverte sur un ciel noir, toujours une main sans vie et une autre privée de force, toujours la coulée lente et épaisse des tragédies. Je vivais dans l'inerte, étouffé par mes douleurs. Le temps présent, ce hangar devenu abri, était le seul moyen terme que j'avais découvert entre un avenir dont je ne concevais pas même le sens et un passé qui n'en n'avait plus depuis l'amputation de mes deux mains, la droite, ma femme, Laura Kilimnik, la gauche, ma main d'astronome. Le hangar constituait l'enveloppe d'un lent et lâche suicide composé seulement d'une somme d'abstractions.

Ils doivent savoir comment j'y suis arrivé. Ils doivent se représenter l'homme que j'étais alors, et qui ne ressemble pas à celui qu'ils ont fait asseoir là, dans cette pièce et sur cette chaise, pour entendre sa confession.

Je venais de la ville. J'avais suivi les routes qui s'ouvraient devant moi, choisissant les plus droites pour qu'elles m'éloignent au plus vite et sans détour de ce cratère blanc où ma peine entrait en fusion. Je souhaitais que ma conscience disparaisse à jamais et que seuls subsistent mes pieds, pour marcher, mes bras, pour écarter ou retenir. Que ma tête s'écrabouille contre un mur, qu'elle cesse enfin de se ronger elle-même. Je voulais la paix, le sommeil des imbéciles. Être rien.

Pendant vingt-cinq jours, j'avais tourné et tourné autour de Maison rouge. Lorsque je l'avais déposée là, Laura n'avait pas eu besoin de voir le panneau pour comprendre. Elle s'était arrêtée, avait pivoté vers moi, et j'avais dit que je ne l'avais pas trahie, qu'il était impossible de faire autrement, que je resterais auprès d'elle, dans la ville. Nous avions gravi ensemble l'escalier, j'avais rempli les papiers, un homme en blouse grise nous avait conduits auprès du responsable qui l'attendait, puis je m'en étais retourné, ma valise dans la main droite, rien dans l'autre, l'autre, atrocement sèche et démunie.

Cinq fois, je fus autorisé à la voir. Cinq fois.

Le lendemain de son arrivée, je la trouvai emmitouflée dans une couverture, assise sur un tabouret, face à la table. Elle avait passé la journée précédente sur le lit, la tête sous l'oreiller pour ne rien voir. Elle me dit que ses pensées s'ordonnaient autour d'un pôle unique : moi. C'étaient les instants les plus pénibles. D'autres fois, elle était sur un nuage. Tant que ce nuage ne heurtait pas la réalité, elle supportait. Mais lorsqu'elle ne parvenait plus à maintenir le fragile équilibre qui l'éloignait du monde, elle n'avait d'autre ressource que de pleurer sur les lambeaux de son existence. Elle se rappelait que je l'avais conduite là car elle était malade. Elle regardait sa cellule de malade. Pièce blanche. Armoire et table de pierre scellées dans le mur. Jour gris pénétrant par une fenêtre sale, à trois mètres du sol. Partout, de la poussière. La porte et son judas, la lumière qu'on ne pouvait éteindre ou allumer de l'intérieur, le lavabo et son robinet d'eau froide.

Maison rouge.

Les premiers jours, elle demeura allongée sur le matelas à chercher des points de repère. Elle n'en découvrit aucun. La cellule la fit brusquement basculer dans le monde des adultes où nul ne peut rien pour personne. Lorsque le désespoir lui faisait tendre les mains vers une grille sans barreaux, c'était à moi qu'elle s'adressait. La nuit, elle rêvait de nos retrouvailles. J'étais au bas du grand escalier, courant vers elle. Elle ne pouvait que marcher, ayant perdu l'habitude de se hâter. La femme que je serrais contre moi était brisée, sans forces. Elle ne savait plus sourire. Elle se coulait entre mes bras, pas même heureuse, semblable à un enfant attendant mon baiser pour s'endormir sereinement. Elle nous voyait recroquevillés l'un en l'autre, sa bouche au creux de mon cou, son ventre contre le mien. Mais voilà qu'un bruit retentissait et elle s'éveillait, hagarde, réalisant qu'elle s'était endormie. Elle demeurait quelques instants immobile sur le lit, éloignant d'elle ces fils déchirés qui n'unissaient que des chimères.

La deuxième fois, elle avait maigri. Ses traits s'étaient creusés. Elle ne s'habituait pas. Poussée dans le dos par des poignes qui la dirigeaient tantôt ici tantôt ailleurs, elle avançait en trébuchant à travers un dédale d'inconnues. Elle était terrifiée. Étant passée sans transition d'une sphère aimable à une succession d'impudeurs, de violence, de honte, elle vivait un cauchemar dont elle espérait encore qu'il se diluerait un jour. Elle avait peine à croire qu'elle se trouvait là pour de bon. Pourtant, le cauchemar, déjà, avait changé de nature. Il était devenu plus doux, plus tranquille.

La troisième fois, Laura était semblable au soldat qui, après le vacarme des combats, découvre un champ de bataille creusé de fondrières. Débarrassé du fracas de la mitraille, il mesure brusquement l'étendue du désastre. Et c'est sur un terrain désormais figé, sans assaillants, qu'il fixe l'horreur dans ses reliefs les moins abstraits. Emmitouflée dans sa couverture, assise sur le tabouret face à la table, Laura m'écrivait comme eût écrit ce soldat défait s'il avait voulu se souvenir de l'ordre des déflagrations afin de comprendre pourquoi il avait perdu la guerre.

La quatrième fois, on me permit de l'observer depuis la porte. Lorsque j'arrivai, elle dormait. Elle était allongée sur le lit, les bras ramenés contre sa poitrine, les cheveux enroulés autour du visage. Elle gémissait. Cela me fut insupportable. Je me retirai. Lorsque je revins, elle regardait ses chaussures, ses vêtements. Elle touchait le tissu de sa robe. Elle murmurait des paroles inintelligibles. Elle baisait son alliance. Je compris qu'à travers ces gestes elle tentait de renouer avec elle-même. Lorsqu'elle me vit, elle vint vers moi à pas lents. Elle me dit que les premiers jours, elle était comme au bord d'un puits. Il lui suffisait de tendre la main pour deviner la mienne qui la touchait et la saisissait. Désormais, elle glissait d'heure en heure sans parvenir à s'accrocher à une saillie. Chaque image la renvoyait à moi, mais déjà je m'éloignais à grands pas vers le temps des souvenirs. Vingt-quatre heures et l'actualité devient mémoire. Elle assistait avec angoisse à la disparition de mon visage. Elle ne savait plus se le représenter. J'étais une ombre, une ébauche. Chaque soir, avant de se coucher, elle convoquait ses souvenirs. Ils se présentaient selon un ordre qu'elle ne reconnaissait pas, fugaces, étrangers. Déjà, elle avait perdu son identité. Ses vêtements, sa démarche, le cours de ses pensées... tout avait cédé devant cette extraordinaire définition de soi, cette rupture qui avait brisé ses références. Elle s'accrochait aux restes ultimes de sa vie, sachant bien qu'ils disparaîtraient à leur tour. Bientôt, je n'existerais plus pour elle. Alors, elle se supprimerait.

La cinquième fois, on me présenta son corps couché sous un drap blanc. Elle s'était pendue au premier barreau de sa fenêtre.

J'ai quitté Maison rouge sans un regard pour ses murs et pour ses sols. Je suis allé à la gare. Je comptais rentrer et recommencer. Je me suis assis dans la salle d'attente, sur un banc. J'y suis resté une journée et une nuit. J'ai dit : « Elle est partie, je ne la reverrai plus. » Cent fois j'ai répété cette scansion funèbre. Les mots se sont frayés mille chemins à l'intérieur, semblables à des rigoles de pluie pénétrant un bloc de plâtre. A la fin, je suis devenu friable. Tout s'est défait. Je venais d'être soufflé de l'intérieur. Mes fondations s'étaient écroulées.

J'ai décidé ce soir-là de tout abandonner. Le laboratoire, la ville, les quelques proches dont je me souciais encore. J'avais besoin d'un espace clos, pas davantage. Un lieu abrité où j'aurais pu recommencer l'absence, lui donner la vie qui manquerait désormais à mes souvenirs. J'avais besoin de mes propres bras puisque les siens s'étaient figés, abandonnés le long d'un corps disloqué. Je ne savais plus où aller, comment je vivrais désormais, mais je n'éprouvais plus le besoin ni le désir de parcourir à nouveau le chemin qui m'avait conduit là. Je n'en avais pas la force. Il me fallait tout réapprendre : cela suffisait à ma tâche.

Je suis sorti de la ville et j'ai marché au hasard, sous la pluie, pendant des heures. J'ai suivi des routes, des chemins, j'ai traversé des villages et des champs. Le hangar m'est apparu sous la lune, après le virage qui mène au dépôt de papier. Il était comme il devait rester jusqu'au dernier embrasement : le cul du monde. Ses murs s'élevaient, tantôt droits, tantôt obliques, brisés sur les côtés, rongés ici et là par les termites du temps. Et face à ce bâtiment que l'ombre agrandissait encore, il y avait la route, un filet noir tracé au cordeau qui s'étirait comme une obligation sèche et raisonnable au milieu d'un paysage désespéré.

Je me suis approché. L'endroit ne pouvait abriter que des débris, les restes d'un limon sur le point de disparaître. La porte grinçait sur ses gonds. Elle n'était pas verrouillée. Je l'ai refermée sur moi puis j'ai fait quelques pas dans l'ombre. Je n'ai pas eu besoin d'appeler pour savoir que la place était déserte : il y régnait une froide odeur de moisissure, l'immobilité vertigineuse des lieux inhabités. La lune traçait des sillons blanchâtres sur les murs, effleurant des saillies qui s'étiraient vers le haut ou vers le bas, semblables à des balafres. Rien ne bougeait, pas un bruit ne traversait les façades.

Je me suis assis au milieu de cet espace démesurément grand, j'ai observé les piliers, le sol, la cheminée creusée dans la pierre, et j'ai décidé que je resterais là. J'avais découvert l'enveloppe apaisante que je recherchais.

La première nuit, j'ai dormi au centre exact de mon nouveau refuge, replié sur moi-même, les mains passées sous ma joue pour protéger mon visage des éraflures de la pierre. Malgré le gouffre qui s'ouvrait au-dessous de moi ainsi qu'à mes côtés, je n'ai pas éprouvé le besoin de me rapprocher des piliers, de me blottir au coin d'un mur. J'étais comme une tache de poussière abritée du vent et des pluies quotidiennes par un dais de béton. Ce n'est que plus tard, un mois, peut-être deux, que j'ai aménagé le hangar en disposant çà et là des pierres et des parpaings ramenés du terrain vague. Je l'ai fait parce que j'avais besoin de me retrouver à l'intérieur de limites bien à moi, comme tout homme creusant ses niches dans un lieu qu'ainsi il apprivoise. Et c'est dans cet espace qu'un jour vint la jeune fille, quelques heures seulement avant que commence la grande histoire.

Ils doivent savoir que ce que je vis d'abord chez elle, ce fut le regard bas et pourtant scrutateur, les épaules tombantes, un imperceptible raidissement de la mâchoire, autant de gestes et d'expressions que j'avais découverts chez Laura Kilimnik, ma femme, lorsque je l'observais à travers l'œilleton de la porte.

Ils doivent savoir que Laura apparaît dans cette affaire avec la fluidité des ombres. Tantôt elle surgit, tantôt elle s'efface derrière d'autres contours qui la remplacent au chevet de ma mémoire. Elle est semblable aux Gardes, qui indiquent la Polaire. C'est celle-ci, entre zénith et horizon, qui occupe la place immuable à partir de laquelle se déterminent les directions. Mais sans Laura, je n'aurais jamais remarqué Louise. Ma carte du ciel est ainsi faite qu'une seule étoile a donné naissance à toute une constellation. C'est le chambardement qui nous intéresse. Venons-y.

Lorsque je suis revenu chez moi, ce deuxième soir, j'ai cru que, l'émotion passée, tout reprendrait comme avant. L'ombre était semblable à ce qu'elle avait toujours été. La lune frappait les trois piliers de soutènement, plein est, plein ouest et centre. Le mur du fond demeurait invisible depuis l'entrée. Seules luisaient quelques braises, à droite, dans le renfoncement de la cheminée. La jeune fille s'était si bien fondue dans les ténèbres que j'aurais pu l'oublier, faire comme si elle n'existait pas, déposer mes fagots, allumer une bougie, m'allonger sur le matelas et attendre le sommeil, yeux clos sur les lignes brisées de mes frontières. Mais je n'ai pas fait cela. Je me rappelle être allé jusqu'à la cheminée et avoir placé mon bois devant l'âtre. Je me rappelle aussi m'être agenouillé et avoir tâtonné à la recherche des allumettes. Et alors que je venais de mettre la main sur la boîte, une voix est sortie de l'ombre, une voix très calme dont l'écho a rebondi sourdement sur le ciment des colonnes.

« N'allumez pas. »

Je me suis retourné.

« N'allumez pas », a répété la jeune fille sur un ton plus bas encore.

Je ne la voyais pas mais je savais qu'elle se trouvait dans l'angle sud-est, en retrait de la fenêtre. A cet endroit, une sorte de fosse a été creusée dans le sol, un rectangle de trois mètres sur quatre, peu profond mais dangereux pour qui ne le connaît pas.

« Faites attention à la fosse », ai-je dit.

J'ai pris la boîte d'allumettes et me suis approché. La jeune fille était là, en effet. Je ne l'ai pas vue aussitôt car elle était assise sur le rebord du trou, les jambes pendant dans le vide, le dos voûté. Elle regardait de biais à travers la vitre. Son visage formait une tache à peine discernable dans l'ombre.

J'ai contourné la fosse et me suis glissé derrière elle. J'ai posé ma main sur son épaule, pouce tendu à la base du cou.

« Déplacez-vous de trois mètres sur la droite. Ainsi vous ne risquerez pas de tomber. »

J'ai accompagné son mouvement. Puis je me suis assis à ses côtés, et j'ai regardé à mon tour en direction du terrain vague. Sous la lune, les carcasses étaient semblables à des arcs métalliques. On distinguait la base d'un pare-brise, le chrome d'un phare. Rien ne bougeait dans ce paysage lunaire.

« Le hangar est grand, ai-je dit à mi-voix. Évitez cet endroit : il est dangereux. »

La jeune fille n'a pas répondu.

« Je vais craquer une allumette. Puis nous dînerons. »

La flamme a éclairé la fosse. Je n'ai pas regardé le visage de la jeune fille.

« Suivez-moi. »

Je me suis redressé et j'ai marché au jugé jusqu'au coin nord-ouest, là où se trouvaient les parpaings. J'ai allumé une bougie. Mon idée était de confectionner un repas, quelque chose de bon, d'un peu original. Mais je n'avais que du riz. Je l'ai fait chauffer, songeant que si la jeune fille restait quelques jours, il faudrait m'approvisionner en nourriture, acheter de nouveaux ustensiles et des couverts.

J'ai posé une serviette blanche sur les moellons puis j'ai déplacé la pierre qui me sert de siège afin que la jeune fille fût assise dos à la fenêtre. Je l'ai appelée. Elle s'est installée à la place que je lui avais préparée et m'a demandé pourquoi je ne mangeais pas avec elle. J'ai dit que je ne possédais qu'une assiette. Elle a souri. Son visage m'a paru très blanc. Ses mains étaient longues et fines. Elle ne portait pas de bague.

Elle a mangé en silence puis m'a tendu l'assiette que j'ai remplie une nouvelle fois. Au moment où je portais la fourchette à ma bouche, elle m'a demandé comment je m'appelais. J'ai dit :

« Thomas Kilimnik. »

Je n'avais pas prononcé mon nom depuis longtemps. J'ai pensé qu'il constituait mon seul bien, que je l'avais à portée de la main et qu'il avait suffi qu'on me le demande pour que je le donne.

« Vous venez du Nord, n'est-ce pas ? »

Elle a levé sur moi un regard interrogateur.

« C'est cela : du Nord.

— Je m'appelle Louise », a-t-elle murmuré en baissant la tête.

Je ne lui ai pas demandé son patronyme. Elle ne me l'a jamais dit. Ni ce soir-là ni les suivants. D'elle, je ne connaîtrai que son prénom : Louise. J'ignorerai également l'identité de son compagnon. Plus tard, j'apprendrai seulement qu'il venait en effet du même lieu qu'elle. Ils en étaient sortis la veille de notre rencontre. Ils avaient marché d'est en ouest, du nord au sud, d'est en ouest à nouveau, se fiant à la boussole des hasards qui devait les conduire jusqu'au dépôt de papier, puis au hangar. Elle n'avait pas voulu qu'il entre. Elle a dit qu'il n'aurait cessé de lui rappeler le bâtiment où ils s'étaient connus. Elle n'a rien ajouté à propos de cet endroit et je ne lui ai posé aucune question car je savais ce qu'il était, ce qu'on y faisait, ce qu'on n'y faisait pas, pourquoi on marchait la tête basse, pourquoi on regardait par en dessous, pourquoi on avait la voix rauque, pourquoi on avait peur après l'avoir quitté.

Lorsque j'ai posé mon assiette sur le parpaing, la jeune fille se tenait le dos courbé, assise sur la pierre. Elle m'a demandé pourquoi je vivais ici. J'ai répondu :

« Ici, c'est comme ailleurs. »

Elle m'a demandé si je comptais y rester. J'ai dit que oui. Jusqu'à la fin. Puis, comme elle fronçait les sourcils, j'ai ajouté que je ne m'étais pas posé la question. Que j'ignorais de quelle fin je voulais parler. Peut-être avait-elle déjà commencé. Peut-être n'existait-elle pas. Je ne pensais pas à la mort, ai-je dit. Elle a hoché doucement la tête. Son regard s'est posé sur moi. J'ai souri faiblement. Une fois encore, nous sommes passés à côté des interrogations fondamentales. Quelque chose nous liait, une pudeur, un respect, qui nous interdisait de poser le doigt au cœur des points sensibles. Mais nous ne les ignorions pas. Et c'est en raison de cette complicité blanche, aussi parfaite qu'inexplicable, qu'après avoir débarrassé les moellons de l'assiette et des couverts, la jeune fille a avoué dans un murmure qu'il y avait eu un mouvement dans le terrain vague. J'ai compris pourquoi elle s'était réfugiée dans un coin du hangar après avoir soufflé les bougies. Elle a poursuivi à voix basse, sans éprouver le besoin de justifier ses craintes, disant seulement que cela s'était passé lorsque j'étais allé chercher du bois. Une voiture s'était arrêtée en face. Elle était repartie presque aussitôt.

J'ai dit :

« Des curieux. »

Je fus pris du désir d'aller voir. Mais je n'ai pas bougé. Je me suis rappelé l'impression désagréable que j'avais ressentie le matin même en observant les épaves. Puis j'ai pensé que dans de telles situations, on plaque toujours des hasards sur des faits improbables.

J'ai dit à la jeune fille que les autos stationnaient parfois en bordure de la route, qu'il ne fallait pas accorder d'importance à cela. Elle a baissé la tête et sa main droite s'est crispée sur son genou. Je me suis levé. J'ai lavé l'assiette à l'eau claire, sous le robinet scellé dans le mur latéral. Lorsque je me suis retourné, Louise n'avais pas bougé. Je lui ai demandé de m'aider à faire du feu. Je l'ai obligée à débiter les caisses en petit-bois, à le glisser dans l'âtre, à souffler sur les braises moribondes. Après que les flammes eurent grandi dans les ténèbres, je l'ai priée de placer les branches les plus légères, puis les plus lourdes, de les agencer parallèlement les unes aux autres en respectant l'espace nécessaire à la circulation de l'air. J'étais assis en retrait de la cheminée, et je commandais ses gestes sans cesser de la fixer. Je savais que malgré les exercices que je lui imposais, elle finirait par s'asseoir et par me demander si les curieux s'arrêtaient souvent en face. Et lorsqu'elle posa la question, immédiatement après s'être écartée du feu, je l'ai prise par la main et l'ai contrainte à se redresser.

« Allons voir », ai-je dit.

Elle a tenté de me retenir mais j'ai insisté et nous nous sommes finalement retrouvés dehors, devant le cèdre. J'ai tendu mon bras en direction des épaves.

« Il n'y a personne. Venez. »

Je l'ai obligée à marcher derrière moi. Elle tirait sur mon bras mais je ne l'ai pas lâchée. Nous sommes allés jusqu'à l'extrémité du terrain, là où la route revient après avoir fait un coude dans la campagne. Je lui ai montré les bosquets, la masse informe des voitures, les replis du sol.

« Nous sommes seuls. Il ne faut pas avoir peur. »

J'ai lâché sa main. Elle s'est assise sur une butte et a hoché doucement la tête. Je me suis dit qu'il me fallait poser la question que sans doute elle attendait, mais je ne l'ai pas fait. Je savais quels mots je devais prononcer mais je les ai tus. Et lorsqu'elle s'est relevée, quelques minutes plus tard, je suis resté immobile, dans une position aussi précaire que si je m'étais trouvé sur une corde tendue au-dessus du vide, prêt à verser selon la direction qu'elle allait prendre.

Elle a marché vers la route, et je l'ai suivie sans ouvrir la bouche, ne soupçonnant pas que nous irions désormais ainsi, sur le fil d'une lame, craignant moins la raison du vertige que le vertige lui-même, celui qui, longtemps, longtemps après, devait me conduire face à ces messieurs, dans cette pièce et sur cette chaise.

Dans le hangar, elle s'est agenouillée devant la cheminée et a repoussé les braises autour de la plus grosse branche. Puis elle s'est tournée vers moi, et m'observant avec un sourire étrange, a dit :

« J'étais institutrice. »

Elle n'a rien ajouté. Nous avons contemplé le feu, elle assise, moi debout. Plus tard, je suis allé chercher mon manteau. Je l'ai déposé à l'endroit où Louise avait dormi la veille, non loin des parpaings. Je me suis étendu là, les mains derrière la nuque.

Lorsque je me suis éveillé, au milieu de la nuit, le feu s'était éteint. La jeune fille dormait, recroquevillée sur le matelas. Une bougie brûlait près d'elle. Je me suis levé. J'ai marché droit devant moi, les yeux fixés sur la lueur vacillante de la flamme. Je l'ai mouchée du pouce et de l'index sans dévier le regard d'un centimètre. Je n'ai pas vu la jeune fille. Je ne le voulais pas. J'entendais son souffle. Je savais qu'elle était allongée sur le côté, le visage pris entre les bras, les coudes ramenés sur l'aine, touchant les cuisses. Ainsi dormait ma femme à Maison rouge. Elle se fermait sur ses muscles et sur sa peau, protégeant sa face, plus fragile que le dos. J'étais son amant, je pouvais la regarder. Je l'ai fait. A la fin, je n'y parvenais plus. J'écoutais mais je ne regardais pas. A l'amplitude de son souffle, je savais si le sommeil avait gommé la peur ou si, au contraire, la peur était plus forte que les rêves, plus insidieuse que la nuit, au-delà même de l'inerte et de l'immobile. Souvent, un gémissement lui échappait, un soubresaut qui la renvoyait au-devant d'elle-même, au sein du cercle infernal où elle prenait corps à nouveau. Il y avait d'autres plaintes, de nouvelles contractions, parfois un geste brusque que je lisais comme une résistance au cauchemar. Alors, je me détournais. Je refermais doucement la porte et allais le long des murs, sans voir. Je ne cherchais pas à comprendre, je ne posais aucune question. J'avais peur. J'attendais. Je marchais dans les couloirs, le regard fixé sur mes chaussures, franchissais les portes, glissais dans les étages, m'effaçais devant les inconnus, gagnais enfin cet escalier maudit, ce grand et large escalier de pierre blanche que j'ai gravi dans un sens et descendu dans l'autre pendant vingt-cinq jours. Et ce soir-là, ce deuxième soir, alors que je me trouvais debout devant la jeune fille, mes pas me conduisaient de nouveau sur les marches d'une mémoire redevenue douloureuse. Car Louise était elle aussi blottie sur elle-même, en proie aux soubresauts et aux gémissements de la terreur. Et moi, une fois encore, j'étais ce veilleur impuissant qui humait dans l'ombre les vestiges d'une fumée moribonde, cette bougie dont j'avais séché la flamme entre mes doigts naguère brûlés par les étoiles.

Je me suis étendu à la place que Louise avait

occupée la veille, étendu sur le ventre, la joue collée à la pierre, une main devant moi et l'autre enveloppant l'oreille. Je ne voulais pas entendre. Nul cri, aucun soupir. Et je fus comme dans un tombeau, enfermé entre quatre murs érigés par l'esprit. Je me concentrai à ce point sur ma volonté qu'elle devint objet, objet noir et lourd bientôt réfracté par mille reflets identiques. J'en ai suivi les révolutions, les perdant puis les recréant lorsqu'elles devenaient confuses, échappant ainsi à l'abîme au sein duquel je ne voulais pas sombrer. Façonnant mes cailloux au gré de la nuit, je parvins à un point d'équilibre, et les moyens devinrent des fins, petits buts misérables qui me conduisirent loin de l'essentiel, cette femme dormant à vingt pas et cette autre, emportée peu à peu par les nuées. Probablement n'ai-je pas dormi une seule minute, mais ce fut mieux encore, vide, blanc, plomb, silence, un homme poursuivant des taches volatiles dans la stratosphère. Et, à force de me persuader que je n'y penserais pas, de m'épuiser sur l'enveloppe des intentions, je n'ai rien vu, rien ressenti.

Au matin, lorsque Louise s'est approchée, j'étais semblable au béton de mon hangar. Et parce que je ne voulais pas avoir fourni tout cet effort en vain, parce que je n'aurais pas supporté de voir son regard et d'entendre ces gémissements silencieux qui tordaient sa bouche et agrandissaient son regard, j'ai dit que nous devions sortir, marcher sur la route. J'avais besoin de la perdre dans la nature, si l'on peut dire.

Nous avons quitté le hangar presque aussitôt. Je me rappelle que le ciel était bas et que les branches hautes du cèdre semblaient prisonnières de la chape des nuages. Elles se distinguaient à peine du lavis lourd et cendré qui, pensais-je, se déchirerait bientôt sur la plaine, en amont des collines. L'orage ne nous épargnerait pas.

J'ai poussé Louise devant moi et j'ai marché dans son sillage, à trente pas, sans la quitter des yeux. La manière dont elle allait me frappa autant que la première fois, lorsqu'elle était passée devant chez moi, précédée par l'inconnu. Elle cheminait avec une sorte d'application qui n'était pas étrangère à la manière dont Laura marchait. Elle ne se souciait pas du paysage mais seulement des routes et des autos. Lorsqu'un bruit de moteur se faisait entendre, elle déviait légèrement, longeait les haies et jetait un bref coup d'œil sur sa droite puis sur sa gauche avant de regagner le bord de la route, après que la voiture eut disparu. Parfois, elle hâtait le pas, comme si elle voulait se mettre à couvert derrière un bosquet ou, au contraire, traînait la jambe afin de profiter encore d'un repli de terrain qui la protégeait, croyait-elle, de la curiosité des conducteurs. A certains frémissements, à la manière dont elle corrigeait quelques mouvements impulsifs, je comprenais quelle sorte de réflexes la traversaient. C'était cela qui m'avait attiré la première fois, la raison pour laquelle je l'avais suivie. Cette femme ne fuyait pas, ne se cachait pas. La peur que j'avais décelée chez elle était probablement sans objet, ou plutôt sans objet identifiable, due à une multitude de causes, née d'infinis prétextes qui, tous, perdaient leur insignifiance après qu'elle les eut captés, après qu'ils l'eurent frappée au centre exact de sa douleur. Je connaissais ce rayonnement maladif de chaque chose, ce pouvoir démoniaque des petits riens devenus sources d'un danger impalpable. Ils avaient étouffé Laura, ma femme, tout comme ils s'étaient emparés de la jeune fille. Et c'est cela que j'avais remarqué tout d'abord, lorsqu'elle marchait sur la route le premier jour. Et c'est cela que je mesurais d'une manière définitive comme j'allais non loin d'elle, sous ce ciel d'orage qui se fendait déjà vers l'ouest tandis que nous cheminions sans parler, elle devant, moi derrière.

Nous avons marché toute la journée. Le soir, je me suis arrêté à la poste d'un petit village où, chaque mois, je retire la maigre pension que me verse le laboratoire. Nous sommes rentrés sous l'orage. De cette nuit-là, je conserve deux souvenirs. Le premier a trait à Louise. Elle allait à mes côtés, les bras ballant le long du corps sans même tenter de se protéger de la tempête. Elle avançait bravement contre le vent, insouciante du froid et de la pluie, comme si elle s'obligeait à franchir des milliers d'obstacles sans leur accorder la moindre attention. Elle n'avait aucun regard pour le ciel, les arbres, les zébrures de la foudre qui, parfois, déchirait les nuages, laissant entrevoir un tissu de cendre immédiatement enseveli sous une poigne noire. La tempête ne la concernait pas.

C'est au moment exact où nous allions quitter la route pour pénétrer dans le hangar que je reçus ce choc qui devait lui aussi me rester longtemps en mémoire, ce choc qui fut le premier étranglement de la spirale et qui me vaut, aujourd'hui, le privilège de me trouver là, dans cette pièce et sur cette chaise.

Avant de tourner à droite dans la terre battue, j'ai regardé en direction du terrain vague. Un éclair a cisaillé la campagne. Et c'est alors que j'ai vu les épaves. La veille, une seconde à peine avant le réveil de la jeune fille, quelque chose en elles m'avait frappé. L'anomalie m'ébranla brusquement une seconde fois. J'ai attendu d'être chez moi, appuyé à la porte que je venais de refermer, non loin de Cassiopée, d'Andromède et d'Altaïr, entre mes murs, donc, j'ai attendu d'être là pour formuler clairement l'altération que je venais de constater. Une voiture stationnait au milieu des épaves. Cette voiture n'avait rien d'une carcasse. Pour une raison, très simple : elle était occupée. Ces messieurs sont bien placés pour le savoir.

Ils n'ignorent pas ce que nous avons fait ensuite. Mais sans motif, un acte n'est que poussière, poussière blanche et fugace — ce qu'ils ont vu ce soir d'orage et qui resterait à l'état de fragment sans la consistance que je puis seul apporter à la poussière, objet de leur traque. Je sais pour l'avoir cent fois vérifié ce qu'ils pouvaient observer depuis leur poste de surveillance. Ils ont vu deux ombres pénétrer dans le hangar par la porte donnant sur la route. Puis plus rien car, faute de sources lumineuses, mes piliers et ce qui les entoure demeurent invisibles à quiconque ne colle pas son regard aux fenêtres. Et cela, ils ne l'ont pas fait. Donc, pendant de longues minutes, ils ont vainement scruté l'ombre à la recherche d'indices qui leur ont échappé. Ce n'est que plus tard, cinq minutes, dix peut-être, qu'ils ont perçu une lueur jaune sur la droite. Et ce fut tout. J'ai fait asseoir la jeune fille contre le mur latéral et me suis installé moi-même en retrait de la cheminée, en sorte qu'ils ne nous voient pas. J'ai surveillé le terrain vague. J'avais un avantage sur eux : la lune et les éclairs me permettaient de contrôler les épaves. Mais rien ne bougeait. Il y avait bien cette voiture, les silhouettes que j'avais remarquées avant d'entrer et qui m'étaient devenues invisibles, mais les portières ne s'ouvrirent pas et nul ne s'approcha de la route.

J'ai tout fait pour que Louise ne se doute de rien. J'ai jeté les bûches dont je disposais dans l'âtre, espérant que la démesure du feu accaparerait son attention. Je lui ai conseillé de tendre les bras pour se sécher. Je lui ai demandé de ne pas bouger afin de profiter de la chaleur dégagée par les flammes. Je ne voulais pas qu'elle se retourne. Je souhaitais qu'elle restât exactement comme elle était, le visage levé vers moi, avec dans les yeux cette expression d'un long égarement qui semblait peu à peu s'apaiser. Je savais qu'un bruit de moteur, le reflet d'une carrosserie feraient vaciller son regard. Par-devers moi, je suppliais ces messieurs de ne pas commettre d'impair, de ne point démarrer encore, de rester assis dans l'auto, attendant que la jeune fille se fût endormie pour bouger enfin.

Lorsque j'eus épuisé ma provision de bois et que l'ombre eut à nouveau recouvert le hangar, j'ai prétendu avoir perdu les bougies. J'ai prié Louise de me donner la main et l'ai conduite jusqu'au matelas. Mais elle n'en a pas voulu. Elle a dit qu'elle l'avait utilisé la veille et qu'aujourd'hui c'était mon tour. Malgré mon insistance, elle n'a pas cédé. J'ai posé mon manteau sur le sien, devant la cheminée, puis, après qu'elle se fut allongée sur cette couche de fortune, j'ai transporté le matelas jusqu'à l'angle nord-ouest. Je m'y suis assis. La pluie tombait dru. Elle cognait contre les parois de tôle. Devant moi, semblables à une mer fuligineuse, s'étendaient les dépressions du terrain vague. Et sur ces creux, ces bosses, ces labourages du temps, quelqu'un attendait. J'ignorais la raison pour laquelle l'inconnu se trouvait là, si c'était pour la jeune fille, pour moi, par hasard, s'il était seul, s'il disparaîtrait le lendemain ou si, au contraire, il ne nous quitterait plus avant longtemps. J'ignorais tout cela mais j'éprouvais un sentiment trouble, comme si je venais de glisser la tête dans l'ouverture d'un puits fétide dont j'écoutais battre l'eau noire, dix mètres sous ma bouche, là, là exactement, à la couture de la mémoire, en ce point où les choses prennent goût, odeur et coloration parce que, s'introduisant, elles ne font qu'élargir un passage qu'elles ont déjà emprunté, un chemin marqué au fer de douleurs indélébiles. Assis sur mon matelas, l'œil rivé au loin, j'avais l'impression de laisser entrer en moi une sensation dont mon cerveau avait gardé l'empreinte, un sentiment, une manière d'être, un ensemble de pressions qui peu à peu s'installaient, comme un intrus retrouvant ses habitudes. Et j'observais sans voir, espérant une erreur ou une disjonction, que l'auto reprenne la route, que revienne la blancheur désespérée de ma vie, plus supportable, somme toute, que le souvenir de Laura, les douleurs de mon histoire.

La voiture quitta le terrain vague à deux heures du matin et ne revint ni le lendemain ni le surlendemain. Je me rappelle que durant ces deux jours de paix les nuages disparurent, le ciel vira brusquement au bleu, on put voir les toits du dépôt de papier depuis la route. Louise parut s'animer sous le soleil. Nous fîmes quelques marches dans la campagne. Elle dit qu'avec le temps elle oublierait peut-être Maison rouge. Elle dit qu'elle y avait été admise après avoir commis un acte qui n'avait pas été irréparable, contrairement à son souhait. Elle me montra ses poignets, barrés de deux cicatrices nettes et profondes. Elle dit que ça avait été la première fois, à cet endroit-là du corps. Elle était sujette aux tentatives. C'est pourquoi ses parents l'avaient fait enfermer en cet endroit où elle était restée près d'un an. Elle dit qu'elle n'en parlerait pas, que les murs clos, les bruits et les odeurs de là-bas lui semblaient une violence trop grande. L'homme qui l'accompagnait le premier jour était sorti en même temps qu'elle. Il était comme un appendice de ce lieu maudit. C'est pourquoi ils s'étaient séparés, finalement. Elle avait besoin d'oublier. Elle ne vivrait qu'à cette condition. Il lui fallait se défaire des signes de Maison rouge, ne pas redouter sans cesse et sans cesse qu'on l'y ramenât. Sinon elle recommencerait. Forcément. Pouvais-je comprendre cela ?

Je ne répondais pas à ses questions. Moi aussi, je guettais les ombres. Je le faisais plus pour elle que pour moi-même. Je pensais que rien ni personne ne pourrait plus m'atteindre, mais qu'une seule ronce la déchirerait. Lorsqu'elle marchait devant moi, allant avec gaieté, oui, je dis bien avec gaieté, il me paraissait impossible qu'un, deux ou trois hommes la suivissent, et je finissais par croire que j'avais rêvé, aucune voiture ne s'était arrêtée dans le terrain vague, j'avais l'âme cabossée, cela m'était venu de la vision que j'avais eue d'elle la première fois, lorsque j'avais compris de quel lieu elle sortait et que, sans doute était-ce cela, j'avais voulu qu'elle m'y fît entrer pour y retrouver Laura une dernière fois. Oui, c'est cela que je vis d'abord chez Louise. La personnification de cet endroit où je me consumais moi-même, lorsque Cassiopée, Andromède, Altaïr et la Croix du Sud ne suffisaient pas à m'en barrer l'entrée.

Ces messieurs doivent savoir qu'on se sauve de lieux de ce genre. S'ils n'avaient pas précipité la jeune fille du parapet sur lequel elle tentait de retrouver son équilibre, elle se fût maintenue, elle ne serait pas tombée. Dans la forêt, elle parvenait à oublier. Ils n'ignorent pas que pour les gens comme elle, les forêts sont des espaces rassurants. A certains moments de la journée, personne ne s'y promène. Le froissement des feuilles signale toute approche. Les arbres ne veulent de mal à personne. Au sein de ces périmètres tranquilles, Louise retrouvait ses forces. Il lui arrivait de s'appuyer à un tronc d'arbre, de fermer les yeux et, ainsi abandonnée, de goûter au soleil. Il lui arrivait de se frotter les bras parce qu'elle avait froid. Il lui arrivait de sauter pardessus une souche et de retomber de l'autre côté, les pieds joints. Il lui arrivait aussi de bouder parce que je ne voulais pas courir avec elle, parce que je refusais de prendre la main qu'elle me tendait, pour mille et une raisons sans importance que je tiens cependant à décrire pour qu'ils sachent qu'elle était une enfant et que c'est cette enfant-là, de douze ans plus jeune que moi et sans doute qu'eux-mêmes, cette enfant sans ombre, qu'ils ont jetée au bas de sa propre vie.

Louise a habité six semaines dans le hangar. Sur ces six semaines, elle devait connaître deux jours de bonheur. J'insiste : deux jours. Le quatrième matin, je me suis éveillé à l'aube. J'avais dormi dans l'angle nord-ouest, près des parpaings. Je me suis dressé sur un coude. Le matelas était vide. J'ai promené mon regard entre les piliers. Ceux du fond, ceux des bordures, ceux du fronton. Puis je me suis levé parce que je ne voyais rien. La porte était close. J'ai appelé, doucement. La partie septentrionale du hangar était plongée dans l'obscurité. Je me suis approché des vitres. Le petit jour traçait une ligne imprécise au ras de la route. Un épais brouillard effrangeait les feuilles du cèdre. Louise était accroupie au coin du mur et de la première fenêtre, plein est. Elle avait plaqué ses deux mains, doigts écartés, contre le verre. Une longue chemise blanche recouvrait son corps jusqu'à la pointe de ses pieds. Je me suis avancé sans faire de bruit. Sa bouche dessinait un rond sur la vitre. Ses yeux étaient écarquillés. Elle ne bougeait pas. Je me suis incliné vers elle et j'ai posé mon bras sur son épaule. Sa main droite s'est décollée de la glace. Elle a pointé l'index devant elle et, de sa voix rauque, a dit : « Là. »

J'ai regardé. Loin devant, au-delà de la route, en retrait des épaves, à peine discernable dans le brouillard, il y avait une voiture. Louise s'est relevée, elle a marché vers nos manteaux étalés sur le sol, elle s'est assise comme le premier matin, jambes tendues, tête et buste penchés, et, ainsi repliée sur elle-même, a laissé aller sa main, raclant la pierre de sa paume ouverte. Je suis revenu à mon matelas et n'en ai plus bougé.

Peu à peu, le brouillard s'est dissipé. Vers huit heures, l'auto s'est doucement ébranlée. Elle a tracé une vaste courbe avant de disparaître sur la gauche. Quelques instants plus tard, elle est passée à vive allure sur la route. J'ai reconnu la voiture blanche qui m'avait doublé, au pas, cinq jours plus tôt, et que j'avais remarquée antérieurement à la venue de la jeune fille. Je n'ai pas vu ses occupants. Je me suis demandé, une fois encore, s'il s'agissait d'un hasard. J'ai pensé que oui, puis que non. Je ne savais pas. Peut-être avions-nous affaire à des voyous venus là pour dérober des pièces dans les carcasses. Ou à des voleurs désireux de pénétrer dans le hangar. Pour quelle autre raison eût-on stationné des heures durant dans une campagne perdue ?

A voix haute, j'ai dit : « Ce n'est rien. » Louise n'a pas répondu. Elle était assise à la même place. Sa main accomplissait ce geste, montant et descendant mécaniquement le long de la pierre. J'ai enfilé mon manteau et je suis sorti. Le terrain vague était désert. Je me suis placé entre les carrosseries, sur une planche, à l'endroit où la voiture blanche m'était apparue pour la deuxième fois. Le hangar s'étendait de l'autre côté de la route. On en distinguait parfaitement le toit d'ardoises, les rubans de tôle, les pierres, dont certaines manquaient en façade. Quelques cartons apposés sur les vitres cassées renforçaient encore la désuétude de ce lieu qu'un passant eût pu croire inhabité. Et que voyait-on à l'intérieur ? Deux piliers, la cheminée, l'angle nord-est, l'espace où je déposais mon bois, une silhouette blanche dont, à cette distance, nul n'aurait pu dire s'il s'agissait d'un homme ou d'une femme. Tout. Rien. La dimension de nos misères.

Je me suis dirigé jusqu'à l'emplacement qu'occupait la voiture le matin. Je fus capable de reconnaître l'endroit exact où elle s'était arrêtée, les roues ayant laissé leur empreinte dans la terre humide. Une évidence me frappa : ce second point d'observation était rigoureusement symétrique au premier ; il formait le deuxième angle d'un triangle équilatéral dont le hangar constituait le troisième. De là, on voyait ce qui demeurait invisible depuis les épaves, soit l'endroit où je dormais, deux nouveaux piliers, l'encoignure nord-ouest. Et il n'y avait pas de hasard. Plus à droite, le cèdre dissimulait le quart de la bâtisse. Plus à gauche, une butte le masquait totalement. C'était donc bien mon refuge que les inconnus surveillaient. Pourquoi ?

J'ai fait quelques pas vers la route. Louise était toujours assise non loin de la cheminée. Elle ne me regardait pas. Je suis revenu vers les carrosseries. J'ai ramassé un pneu qui traînait, je l'ai baigné dans une flaque de boue puis je l'ai fait rouler contre la planche sur laquelle j'avais posé mes pieds quelques instants auparavant. J'ai placé cette planche en retrait de la butte, sur la droite, et j'ai pesé de tout mon poids pour l'enfoncer dans la terre. Après avoir remonté mes bas de pantalons, j'ai promené mes pieds sur les traces, les bonnes, jusqu'à les effacer totalement. Et j'ai fait rouler le pneu inutilisable à deux mètres de la planche, trichant sur les angles afin de rejoindre la courbe tracée par la voiture, la vraie.

J'ai essuyé mes chaussures sur l'herbe, au bord de la route, avant de regagner le hangar. Louise a tressailli lorsque j'ai posé mon bras sur le sien.

« Cessez avec cette main », ai-je dit sèchement.

Elle a tourné la paume vers son visage et l'a observée sans mot dire.

« Levez-vous. »

Elle a ramené ses jambes sous elle puis s'est déployée, d'un seul mouvement, tel un automate. Elle se trouvait devant moi, vêtue de la longue tunique blanche qui lui tenait lieu de chemise de nuit. Ses cheveux étaient à quelques centimètres seulement de mon menton. Elle ne me regardait pas.

« Habillez-vous », ai-je dit doucement.

Et, comme elle ne bougeait pas :

« Je dois vous montrer quelque chose. »

Je l'ai poussée légèrement jusqu'à sa valise puis je suis sorti. La voiture n'avait pas reparu. J'ai observé en direction du dépôt de papier, puis de l'autre côté, mais il n'y avait rien. Lorsque Louise m'a rejoint, près du cèdre, j'ai pris sa main et nous sommes descendus vers le terrain vague. Ses doigts étaient souples entre les miens. Elle avait passé la robe qu'elle portait le premier jour.

« Savez-vous où était la voiture ? » ai-je demandé.

Elle a tendu le bras. Puis l'index. Elle a dit :

« Là. Là exactement. »

Nous avons marché jusqu'à la butte.

« Ici ?

— Plus à gauche. »

J'ai contourné la butte. Louise est restée de l'autre côté.

« Ne bougez plus ! a-t-elle crié. C'était là. »

Elle m'avait arrêté à l'endroit exact où j'avais effacé les marques.

« Venez. »

Elle s'est approchée à pas lents.

« Regardez », ai-je dit en montrant la planche.

Je l'ai prise par les épaules et l'ai obligée à considérer le sol.

« La voiture s'est arrêtée ici.

— Plus à gauche.

— Ici, ai-je répété. Plus à gauche, il n'y a pas de trace. L'auto avait une roue sur la planche et l'autre dans la terre. On voit les marques. »

Elle n'a pas répondu. Je me suis placé entre les deux empreintes de pneu et l'ai attirée vers moi. Nous étions face à face. Je tournais le dos à la route.

« La voiture était là. Les gens qui l'occupaient se trouvaient à votre place, sur les sièges, un peu plus haut que nous. Et voilà ce qu'ils ont vu. »

Je me suis écarté, la laissant face à la butte.

« Un monticule de terre. »

J'ai éclaté de rire. C'était un rire de gorge qui sonnait faux. Une sorte de grimace vocale. La jeune fille ne bougeait pas. Elle fixait le tertre.

« Un monticule ! Un de ces abris derrière lesquels se cachent les amoureux qui recherchent la paix. Pourquoi donc voudriez-vous les empêcher de faire ce qu'ils ont à faire ? »

Je l'ai prise par le bras et l'ai vivement secouée.

« Pourquoi ? Pourquoi ? »

Elle m'a regardé droit dans les yeux et a murmuré :

« C'est la question que je me pose.

— Je peux vous en trouver d'autres, et de plus intéressantes, ai-je rétorqué assez méchamment. Celle-ci est sans valeur. »

J'ai tourné les talons et suis revenu vers la route. J'en voulais à la jeune fille de m'avoir fait gommer des traces de pneu dans la boue. Je lui en voulais de ne pas savoir ce que j'ignorais moi-même. Je lui en voulais de tous les mensonges que j'allais devoir inventer pour qu'elle cesse de s'arracher la peau des mains sur la pierre de mon hangar. J'avais compris qu'entre mon refuge et le terrain vague, il n'y avait plus désormais aucun espace vierge.

Jour après jour, nuit après nuit, nous avons commencé d'attendre la voiture. Elle était présente en nous comme une flaque que nous ne pouvions éviter. Quoi que nous fassions, quoi que nous disions, il se produisait toujours un moment où notre attention se détournait du côté de la route. Sans doute étions-nous encore très différents, la jeune fille et moi. Différents face aux causes mais aussi face aux effets. Parce que les causes, nous ne les connaissions pas : ni elle, qui n'avait pas attiré l'auto dans son sillage ; ni moi, qui n'avais jamais commis d'action susceptible d'entraîner une filature. Quant aux effets, ils ne pouvaient être semblables puisque nos mémoires elles-mêmes ne l'étaient pas.

Au début, je guettais la voiture pour la dissimuler aux yeux de Louise. J'usais de subterfuges qui se révélèrent efficaces le temps qu'elle comprît mon jeu. C'est-à-dire le temps qu'il me fallut pour entrer dans le sien. Lorsque j'entendais un bruit de moteur, qu'une auto blanche se présentait au loin, je l'occupais à des tâches diverses et insignifiantes. Je l'emmenais aussi se promener dans la forêt ou sur des terrains découverts que je savais sans danger. Je parlais des étoiles, expliquant où elles poindraient la nuit venue, quels chemins elles suivraient avant de disparaître, emportées par les saisons. Elle ne m'écoutait pas, et je le savais. Elle observait dans la direction que j'indiquais, moins pour comprendre l'infinie complexité du ciel que pour surveiller une colline, une courbe, un vallon — et je le savais aussi.

Dans le hangar, elle regardait sans cesse en direction de la route ou du terrain vague. Chaque bouleversement suscitait en elle une crainte qui s'apaisait peu à peu, après que l'objet de la perturbation se fut égaré dans la nature. Le passage d'un véhicule, d'un marcheur — ils étaient rares —, un coup de vent, un gémissement du cèdre provoquaient une altération de ses traits, un frémissement qui la gagnait tout entière avant de s'effacer derrière un voile immobile qu'elle crevait ensuite d'un geste ou d'un sourire. Elle ne se départait jamais de cette vigilance qui l'occupait totalement et à laquelle elle se soumettait avec la résignation d'un malade mesurant l'accalmie entre deux spasmes.

Je n'ai pas tenté, durant ces premiers jours, de résoudre une énigme qui me concernait d'autant moins que je la croyais sans substance. Les terreurs de la jeune fille ne m'appartenaient pas. Elles me semblaient liées à un jeu morbide dont j'ignorais les règles. Je ne croyais pas encore à un danger véritable. Il n'y avait aucune raison pour que des inconnus s'intéressent à nous. Il n'y avait aucune raison parce qu'il n'y avait pas de fait. Une auto, certes, mais rien n'était plus banal. Quoi que disent ces messieurs, de quelque manière qu'ils s'y emploient, je resterai arc-bouté sur le fil des journées, je ne cesserai de leur rappeler qu'un coupable a d'abord été innocent, que la première justice à laquelle tout condamné peut prétendre, c'est le respect d'un regard sans tache : lorsqu'il était étranger au nœud qui l'accuse. D'abord, la voiture ne fut pour moi qu'un prétexte à la peur, une cause née d'autres causes qui terrifiait Louise — elle fut cela et seulement cela.

Ils doivent savoir que la jeune fille offrait à mon innocence ce qu'il fallait pour l'alimenter. Chaque phrase, chaque mot qu'elle prononçait reliait son histoire à un présent bardé de signes et de périls. Elle disait qu'elle ne parvenait pas à songer à autre chose qu'à ces murs blancs et nus où rôdait la terreur. Elle disait qu'elle craignait de retourner à un passé hideux où toute étrangeté la ramenait. Maison rouge avait constitué un tel choc dans sa vie que chaque fait, fût-il insignifiant, devenait indice d'une réalité douloureuse. Elle ne supportait rien car tout ce qu'elle voyait, entendait, pressentait, s'introduisait dans le goulot de l'abjection, devenait rappel de l'abjection, se confondait avec elle et la tourmentait inlassablement. Elle disait que sa mémoire était prisonnière de Maison rouge et que si elle craignait la voiture, c'était parce qu'elle était là et qu'elle était blanche. Et moi, je me souvenais de ma femme, je me rappelais le regard terrifié qu'elle portait sur les murs, j'entendais ce serment qu'elle me fit un jour de tout repeindre en noir chez nous car elle haïssait le blanc, couleur de Maison rouge. Et je comprenais que la voiture ramenât Louise au centre de ses obsessions.

Il était hélas inscrit dans l'ordre des choses que nous devions l'un et l'autre considérer l'événement pour ce qu'il était aux yeux du plus faible d'entre nous. C'est-à-dire une menace. Louise voyait l'auto ainsi. Il était fatal que j'en vienne là à mon tour.

Elle réapparut dans la nuit du dixième au onzième jour. Je ne dormais pas. J'entendis d'abord un bruit de moteur, puis il y eut une éclaircie étrangement terne sur la route, un brusque obscurcissement, une trouée jaune et mobile en face, dans le terrain vague, et enfin, plus rien. Noir et silence. Je me suis levé doucement. Le souffle de la jeune fille me parvenait dans l'ombre. Elle dormait. J'ai marché à tâtons jusqu'à la fenêtre et me suis agenouillé devant la pierre. Nous étions face à face. Eux, les intrus, et moi, peut-être, dans la lunette de leur télescope. Bénéficiant cependant d'un avantage que l'on croit toujours décisif dans ce genre de situation, au moins lorsque les escarmouches commencent : j'avais détecté leur présence sans qu'ils le sachent. De cette situation absurde, je retirais un sentiment de puissance. Il me suffisait d'agir dans le strict cadre d'une normalité trompeuse, misant sur la seule chose qu'il fût en mon pouvoir de camoufler : la conscience que j'avais de leur présence.

Je me suis levé. J'ai ouvert la porte et en ai franchi le seuil. J'ai fait quelques pas devant le hangar, m'étirant, observant les étoiles à l'est du cèdre. Je ne voulais pas regarder dans leur direction. Je m'efforçais de mimer un homme prenant l'air au cours d'une nuit d'insomnie. Je ne me comportais pas encore comme un coupable, même si la mauvaise conscience avait déjà posé sa main sur mon épaule : j'éprouvais le besoin de me montrer indifférent à leur présence, d'assurer, par mes gestes et mes manières, ce qu'aujourd'hui j'appellerai mon innocence.

Je suis resté dehors un peu plus longtemps que ne l'eût exigé le naturel. J'avais délicieusement peur. Je m'exposais à un danger dont les conséquences ne paraissaient pas devoir m'atteindre, ou alors de si loin que je m'accordais le droit de lui sacrifier le luxe de quelques frissons. Et j'allais et venais le long de la façade, inspirant avec force, tendant les bras vers l'avant puis vers l'arrière, indifférent, apparemment, à l'attraction de cette tumeur qui, pourtant, justifiait seule ces jeux imbéciles. J'éprouvais un plaisir enfantin à m'exposer ainsi à un regard qui voyait sans être vu. Le loup était tapi dans l'ombre. Nous pouvions feindre lui d'être un loup et moi sa proie puisque, si je m'étais approché de lui ou que lui fût venu à moi, nous nous serions vivement écartés l'un de l'autre : ma chair n'était pas comestible. La voiture ne présentait aucun danger pour moi, qui ne présentais aucun intérêt pour elle. Cela posé, je pouvais parfaire l'émotion en devinant des yeux noirs et assassins, une main armant une carabine, une portière qui s'ouvre, un canon qui se braque sur mon dos, un doigt pressant la détente, et moi, un centième de seconde avant la détonation, basculant vers mon nid puis refermant la porte de mon hangar sur la menace et le danger.

Lorsque je suis revenu à mon matelas, je frémissais encore en songeant aux derniers pas que j'avais faits, le dos offert au coup de feu des meurtriers. Et rien ne m'eût déçu comme d'apprendre qu'un couple occupait la voiture blanche, un homme et une femme sans âge, occupés à se déshabiller dans un habitacle ordinaire alors que je venais de leur proposer un divertissement dont les règles me procuraient une certaine excitation.

Je me suis endormi. Je ne voulais plus donner le change. Je n'usais pas de subterfuges pour les surprendre. Je ne tendais aucun piège. Plus tard, je fus éveillé par un éclair brusque. S'ils m'ont observé, ils savent que mon premier geste ne fut pas pour eux mais pour Louise. Je me suis redressé afin de m'assurer qu'elle dormait encore. J'ai fouillé l'ombre du regard, j'ai tendu l'oreille, et c'est seulement après avoir vérifié qu'elle n'avait pas bougé que je me suis tourné vers les fenêtres. Je n'ai rien vu, évidemment. Et comme j'étais encore engourdi par les limbes du sommeil, je n'ai pas songé à faire la seule chose qui m'eût apporté quelque information sur cet éclair lumineux : sortir, chercher autour du hangar.

A l'aube, la voiture était toujours là. Je n'avais plus envie de jouer. L'éclair était encore trop net dans ma mémoire pour que je l'attribue au hasard ou à une quelconque comète née de mes inventions. Et puis le petit jour s'était chargé de remodeler les règles à leurs dimensions ordinaires. Celles de Louise et non les miennes. La jeune fille dormait encore, recroquevillée dans l'angle nord-est, non loin de la cheminée. Je savais que lorsqu'elle s'éveillerait, son premier regard serait pour la fenêtre. Et je ne voulais pas qu'elle vît cette tache blanche plantée dans le terrain vague comme un caillou obscène apporté par une mauvaise vague. Non, je ne le voulais pas. A cette époque, j'avais encore assez de détachement pour pouvoir l'aider. Et je souhaitais le faire. Par-dessus tout, je souhaitais le faire. Voilà pourquoi, ce matin-là, je me suis présenté face à ces messieurs.

Souvenez-vous. J'ai fait doucement coulisser la porte du hangar. Je l'ai refermée sur moi. Je me suis tourné dans votre direction, sans feindre de m'intéresser aux étoiles. Près du cèdre, j'ai marqué une imperceptible hésitation. Puis j'ai traversé la nationale, refusant d'imaginer le pire. J'avais encore le droit de choisir. Je me disais que si la voiture abritait des maraudeurs, des amoureux, je ne la ferais pas fuir. Elle resterait là, coincée derrière sa butte. Je m'approcherais, je frapperais à la vitre, j'inviterais les occupants à venir se réchauffer chez moi. Après leur départ, tout rentrerait dans l'ordre. Voilà ce que je me disais. Je croyais encore, ou encore à demi, que la situation s'arrangerait de la sorte. Je ne voulais pas envisager d'autre alternative. Mais, passé la route, j'ai bien compris que cela ne serait pas ainsi. J'ai entendu un bruit de moteur. La voiture a patiné dans la boue. Elle a oscillé un instant sur place. J'ai tenté de voir qui l'occupait, mais je n'ai aperçu qu'un pare-brise grêlé par la rosée. Les roues ont mordu sur la planche que j'avais traînée là, elles l'ont fait plier, elles l'ont enfoncée dans la terre. Je marchais toujours. J'allais au-devant de l'auto, sans forces, défait. Je n'avais pas envie de combattre. La résignation me poussait. J'avais compris que si on reculait, c'était parce que j'avançais.

La voiture a viré au ras des épaves. Elle a glissé sur l'herbe, à droite puis à gauche, et lorsqu'elle est passée sur la route, après avoir disparu derrière les collines qui bordent le terrain vague, j'étais là, debout, à regarder stupidement les tôles de mon hangar. Il n'y avait pas plus d'erreur que de hasard. On était bien là pour nous.

L'éclair s'est effacé de ma mémoire. J'ai éloigné le danger en me convainquant que je l'avais rêvé, qu'aucun éblouissement ne m'avait jamais tiré du sommeil. Je me suis rassuré ainsi, puisant dans la réalité les indices nécessaires à l'apaisement — considérant, par exemple, que rien ne s'était produit puisque la jeune fille n'avait pas vu. Cette défense, pas plus que les autres, ne devait résister à la répétition des faits. Au deuxième éclair, je comprendrai qu'il y en avait bien eu un premier, et que cet éblouissement n'était pas le produit de mon imagination mais celui, bien moins fulgurant, d'un flash photographique.

Il y eut un intervalle entre les deux. Pendant longtemps, je n'ai pas revu ces messieurs. Ils se sont coulés dans la nature. J'ai passé des journées entières et une partie de mes nuits à les attendre. Ils sont devenus des fantômes maléfiques, perchés ici, dissimulés ailleurs, le regard braqué sur mes os et sur ma peau. Je ne les voyais pas mais je savais qu'ils n'étaient pas loin. Jamais plus je n'ai pensé que leur présence était due à un concours de circonstances malheureux. A partir du jour où je les ai mis en fuite, ils sont entrés dans le hangar et ne l'ont plus quitté. Leur absence fut pire encore que leur présence. Ils m'ont fait asseoir dans cette pièce et sur cette chaise longtemps avant de m'avoir assigné ma place, longtemps avant la confrontation que nous attendions tous et pour laquelle, hélas, ils s'étaient si bien préparés.

Ils doivent savoir qu'aucune torture ne fut plus efficace que ce voile délétère qu'ils tendirent entre eux et moi, cette apparence qui ne pouvait être anodine puisque, dans les plis les plus habituels, derrière le cèdre, non loin du dépôt de papier, sur la route, entre les épaves, partout et partout, je les entendais parler, je les voyais me regarder. Ils m'ont amené à eux par le plus subtil des contournements : en disparaissant. Lorsque le face à face de la nuit se mua en confrontation abstraite, lorsque j'eus perdu les indices et donc mes repères, j'en vins à souhaiter qu'ils reviennent, qu'ils retrouvent leur place derrière la butte et qu'ils n'ent bougent plus. Que l'ennemi se montre. Que nous nous mesurions d'égal à égal, d'apparence à apparence, une voiture et un homme, de part et d'autre d'une nationale. Car déjà je prévoyais ce qui devait arriver : faute de les cerner dans leur matérialité, je me laisserais envahir par eux, les voyant partout et sans cesse, y perdant la tête jusqu'à ce que l'esprit devienne mon plus grand adversaire. Sur ce point, ces messieurs ont remporté toutes les manches. En quittant le terrain vague, ils ont mis ma raison en friche. En ne se montrant pas, ils se sont installés partout autour de moi, jusqu'au plus près, au plus intime. Ils furent des bourreaux accomplis.

Lorsque j'eus compris que leur présence n'était pas due au hasard, j'ai cherché la raison pour laquelle ils s'intéressaient à moi. Et comme je n'en ai trouvé aucune, je me suis tout naturellement tourné vers Louise. Je l'ai observée. J'ai guetté sur son visage les signes les plus infimes qui m'eussent apporté un éclaircissement sur le mystère de cette curiosité dont nous étions l'objet. Je n'en ai découvert aucun. La jeune fille était aussi étrangère à la voiture que je l'étais moi-même. Une intuition ne s'explique pas. On peut tout au plus tenter de la faire partager. Je m'y risquerai. Moins pour l'absoudre d'une faute qu'on lui attribuerait que par souci de la faire reparaître à mes côtés. Elle a sa place, ici, dans cette pièce et sur cette chaise.

Quand elle s'éveillait le matin, tantôt sur le matelas, tantôt sur le lit que nous avions constitué avec de vieux vêtements, elle jetait autour d'elle un regard éperdu qui s'apaisait peu à peu, après qu'elle eut reconnu le lieu dans lequel elle se trouvait. Rassurée, elle soupirait longuement avant de se redresser soudain, comme mue par une impulsion. Elle regardait en direction des fenêtres, et il fallait que je vienne à elle, que je lui dise que l'auto n'était pas là pour qu'elle retrouve sa place et un semblant de sérénité.

Bientôt, je pris l'habitude de m'asseoir à son côté avant même qu'elle eût ouvert les yeux. Sortant de ses cauchemars, elle me trouvait là, muet, incapable du moindre geste tant je craignais de l'effaroucher plus encore. Elle me regardait et disait que le sommeil était son dernier refuge, et le hangar l'avant-dernier. Au réveil, sa première terreur était de se retrouver dans sa chambre de Maison rouge. Elle avait besoin de voir les murs, les piliers, le plafond, pour éloigner d'elle les causes de la panique. Apaisée, elle découvrait presque aussitôt une appréhension nouvelle liée à la menace constituée par la voiture blanche. Celle-ci absorbait désormais le potentiel d'effroi qu'elle portait en elle depuis l'enfance, une somme de frayeurs insoutenables qui la ramenait à Maison rouge. Elle disait que sa peur avait besoin de relais pour se fixer, que toute étrangeté était prétexte à cette fixation, appendice de Maison rouge, elle-même synonyme de mort et de disparition. Ainsi en était-il de l'auto. Parce qu'elle était blanche, parce qu'elle n'avait aucune raison de se trouver là, elle lui apparaissait comme le contour le moins abstrait de ses frayeurs profondes.

Elle disait que dans la journée elle était encore capable de prendre du recul sur ce qu'elle appelait elle-même une maladie, et que c'était cette capacité à la distance qui lui avait permis de sortir de Maison rouge. Mais aucun instant n'était plus dramatique que celui du matin, lorsqu'elle apparaissait vierge de tous ses tourments au seuil d'une journée déjà menaçante.

Elle disait que les réveils, à Maison rouge, étaient terribles. Le passage de la vie nocturne à la survie diurne s'effectuait sans transition. A peine sortait-elle des langueurs du sommeil que le vacarme des verrous lui rappelait immédiatement où elle se trouvait. Le tintamarre crevait la blancheur des murs à six heures précises. Il la mettait au supplice car il tuait d'un coup, sans progression aucune, les maigres songes de la nuit. Il s'abattait comme un couperet sur la double liberté qui lui restait encore, la liberté des rêves et celle de la mémoire, qu'elle cultivait à grand-peine, hors des autres, sur son lit, chaque fois qu'elle pouvait s'y étendre.

Elle disait qu'elle avait appris à résister à la douleur de l'aube en s'éveillant chaque jour une heure avant le passage du personnel. Pendant quelques minutes, elle baignait dans un état de demi-conscience, aspirée par les murs de la pièce, retenue par ceux qui l'avaient protégée au cours du sommeil, les parois douces et friables du souvenir.

Elle disait qu'elle s'était efforcée d'établir un barrage entre l'univers dans lequel on l'avait fait entrer et ce qui restait de ses appétits. Elle ne voulait pas confronter sa propre histoire à celle des autres. Elle avait compris que toute sortie hors de sa chambre, le moindre déplacement provoqueraient en elle des brisures dont elle devait se protéger. Elle se voulut inerte. Elle disait qu'elle craignait tout ce qui bousculait l'ordre du silence qui s'était installé en elle. Elle ne supportait pas de voir troubler cette sorte d'équilibre qu'elle tentait d'établir en rejetant les intrusions de Maison rouge. Lorsqu'elle entendait approcher le pas des serveuses poussant le chariot de la nourriture, elle redoutait l'instant où il lui faudrait se redresser pour tendre sa gamelle. Elle disait que les premiers temps, elle jetait dans la lunette des toilettes la soupe qu'on lui apportait : elle ne voulait pas absorber quoi que ce fût issu de Maison rouge. Elle déchiquetait la viande avec ses dents, refusant d'utiliser les couverts de sa prison, notamment ce canif à bout rond qu'elle avait perdu sur la route du hangar et qui lui rappelait trop bien le lieu où elle se trouvait. Elle disait que les signes de Maison rouge lui étaient odieux car ils consacraient une déchéance à laquelle elle refusait de se plier. Que pour lutter contre l'anéantissement elle n'avait eu d'autre recours que de puiser dans ses souvenirs, les fragments d'un passé assez terne que le manque et la douleur magnifièrent étrangement.

Elle disait que les premières semaines, elle approchait un tabouret de la fenêtre pour regarder la vie du dehors. Les mains agrippées aux barreaux, elle observait la vision qui s'offrait à elle : les rues, les voitures, une école maternelle, des terrasses en surplomb. Elle restait là un long moment, fascinée par cette existence dont ne lui parvenaient que des bribes mais qui lui rappelait si bien celle qu'elle avait menée longtemps auparavant. Puis la détresse la gagnait. Elle fermait les fenêtres, éloignait le tabouret et se repliait sur elle-même.

Elle disait qu'on tente toujours, dans la douleur, d'organiser les instants pour canaliser le mal. On le fait couler de mille manières afin qu'il ne croupisse pas comme un liquide acide au fond d'une soucoupe. En vain. Elle pensait à un arbre sur lequel elle grimpait quand elle était petite, l'arbre provoquait un chagrin en elle, elle l'échangeait contre le visage d'une amie qui apportait un nouveau désespoir. Ainsi jour après jour, au fil des heures.

Elle disait qu'elle cherchait les frontières de son ancienne existence dans les messages que ses proches lui envoyaient. Lorsqu'une lettre lui arrivait, elle regardait d'abord le cachet de la poste pour savoir quand l'enveloppe avait été postée. Hier, ce n'était pas comme avant-hier. Elle pouvait encore toucher une main qui avait jeté, la veille, une lettre à la boîte. L'avant-veille lui paraissait usée, périmée.

Bientôt, les signes de cette existence dont elle était exclue lui furent trop douloureux pour qu'elle s'y confrontât. Elle n'ouvrit plus ses lettres. Elle se réfugia dans ses souvenirs. Elle assista avec angoisse à la disparition des visages. Les traits de ses proches s'estompèrent au fil des jours. Elle craignit de les perdre tout à fait et de ne plus conserver d'eux que des ombres, des ébauches. Pendant longtemps, elle s'exerça à les dessiner mentalement. Lorsqu'elle se couchait, le soir, elle appelait à elle les personnages de son histoire. Elle se promenait au milieu de fantômes dont elle reconnaissait le rire et l'expression. Elle était comme à un bal, prise entre des visages qui virevoltaient, fugaces, mais dont elle savait encore saisir l'essentiel. L'enfermement n'avait pas gommé la vie au point de l'immobiliser sur des cartes postales qu'elle eût contemplées en silence.

Elle disait que le temps avait fini par emporter ses petits bonheurs. Que les souvenirs lui apparurent bientôt comme les traces d'un univers où elle n'avait plus sa place. Il ne lui restait rien, elle n'avait pas d'espoir. Elle s'enferma dans des songes malhabiles qui n'aboutissaient nulle part mais qui, du moins, l'éloignaient des murs et des verrous. Elle brisait les rythmes. Elle subsistait dans un univers blanc dépourvu de positif et de négatif. Elle était là. Elle se levait, elle se couchait, elle n'agissait pour personne. Elle se souciait de sa tête mais plus de son corps. Son corps était à eux, ils n'auraient pas sa tête. Son corps était comme une personne détachée dont elle n'apercevait que l'essentiel : son visage dans la glace, gris, sali par les larmes.

Elle disait que depuis son arrivée dans le hangar, ses rêves avaient changé, qu'ils ne figuraient plus son passé mais ce lieu odieux qui, désormais, accompagnait toujours son réveil. Elle disait qu'il y avait eu une inversion dans sa vie, les douceurs de jadis ayant cédé la place à toutes les marques innommables qui s'étaient inscrites au fer rouge sur sa peau et sur son âme. Là-bas, entre les murs blancs, certaines images, quelques goûts, de rares sensations se développaient à son insu, l'attiraient dans un mirage de recomposition où, parfois, elle se noyait. Mais, même si l'inaccessibilité de ces douceurs les rendait souvent insupportables, du moins les avait-elle choisies à une époque de son existence, lorsque, disait-elle, ses gestes et ses pensées lui appartenaient encore. Désormais, elle ne choisissait plus rien. On lui avait imposé Maison rouge. Ce lieu ne cessait plus de la hanter. Elle ne parvenait pas à se défaire d'un effroi qui avait duré deux années, matin après matin, sans rémission. On avait emprisonné ses mouvements. L'esprit, disait-elle, demeurait derrière les barreaux. Elle ne savait plus s'échapper la nuit et n'espérait pas y parvenir au cours de la journée : entre elle et ses tourments, il se glisserait toujours un millier d'abcès. Pour l'heure, répétait-elle, ce point de fixation, c'était la voiture blanche. Vers elle convergeaient les chemins de la peur. Tout l'y ramenait. Moi-même, qui cherchais partout cette auto disparue brusquement du terrain vague, moi-même, donc, en dépit d'une sérénité apparente, je l'effrayais parfois. Car, me disait-elle, si cette voiture vous occupe l'esprit, c'est qu'elle est dangereuse. Dangereuse pour moi puisqu'elle pourrait me ramener là-bas ; dangereuse pour vous, qui vous êtes attaché à moi ; dangereuse pour nous car il se pourrait qu'un jour je vous associe à cette voiture, à Maison rouge, et donc à mes cauchemars.

J'essayais de dissimuler. Je haussais les épaules. Je prenais mille précautions pour surveiller la route et la forêt. Toujours, elle me mettait à nu. Après son réveil, la toilette étant faite et le matelas rangé dans un angle, elle m'observait et disait : « L'avez-vous vue ? »

Lorsque nous sortions, elle surprenait mes regards, mes tressaillements. Même la nuit, quand nous étions devant le feu, elle disait : « N'y pensez pas si fort. » En sorte que huit jours seulement après le retrait de ces messieurs, je dus rendre les armes et avouer qu'en effet la voiture me préoccupait.

« On nous observe, dis-je. Mais je ne sais pas pourquoi. »

Nous étions debout, séparés par trois piliers. Elle s'appuya au plus proche, porta la main à sa tempe et dit qu'elle allait partir. Je fis un pas dans sa direction. La maladresse dont j'avais fait preuve m'était insupportable. J'avançai encore. Elle ne me quittait pas des yeux.

« On nous observe, répétai-je, mais je ne sais pas ce qu'on me reproche. »

Je posai ma main à plat sur un pilier et ajoutai :

« Vous ne devriez pas quitter ce lieu. »

Elle ne répondit pas mais s'éloigna à pas lents vers le coin le plus obscur du hangar. Elle s'y assit, remonta ses jambes sous le menton, et sa main se mit à parcourir le sol, labourant la pierre de ce mouvement mécanique incessant.

Je dis que pas une seconde je n'avais pensé que la voiture fût venue pour elle, et moins encore par elle. Cette auto, après tout, avait certainement disparu pour de bon puisque nous ne la voyions plus. Et puis ce n'était qu'un véhicule semblable à tant d'autres, quatre roues, une carrosserie, un conducteur, un passager, deux peut-être, certainement pas davantage, qu'avions-nous à faire de cela ?

Elle fixait le sol sans bouger. Je me suis agenouillé à ses côtés, et j'ai posé ma main sur la sienne. Mes doigts vinrent et revinrent, épousant le mouvement. J'ai pesé d'un certain poids pour faire cesser cet odieux aller et retour. Mais je n'y suis pas parvenu. Alors je me suis dégagé. J'ai gagné l'extrémité sud-ouest du hangar. Nous sommes restés chacun à notre place l'après-midi durant. Vers cinq heures, Louise s'est levée. Elle a marché le long du mur, entre le cratère de Gassendi et l'océan des Tempêtes. Je me suis approché d'elle. Je l'ai prise par le coude. Feignant la bonhomie, j'ai dit que nous allions intercepter cette fameuse voiture, si voiture il y avait. Elle s'est laissé mener. Nous sommes sortis. J'ai montré le terrain vague. Il était vide. Nous avons marché sur la route, jusqu'au dépôt de papier. Là, nous avons pris à gauche, vers la forêt. Nous avons suivi la lisière. Puis nous sommes descendus en direction des collines. Nous avons traversé un champ qui nous a conduits jusqu'à la route. J'ai ralenti le pas. Quelque chose s'était dénoué en moi. Au moment où nous allions aborder le dernier virage avant le hangar, Louise s'est arrêtée et a dit :

« Elle est derrière la courbe. Près du cèdre. »

Elle s'est arrêtée et n'a plus voulu bouger. Je me suis mis à courir. Je me disais qu'elle se trompait. Je me disais qu'il était impossible qu'elle eût raison. Mais, lorsque je suis sorti du virage, j'ai aperçu la voiture. Elle allait au ralenti, dans le même sens que nous. Je me suis arrêté sur le bas-côté et j'ai repris ma respiration. J'ai regardé, encore regardé, mais je fus incapable de voir combien de personnes occupaient l'auto. J'ai attendu qu'elle disparaisse pour revenir sur mes pas. Louise n'a posé aucune question. Nous sommes rentrés lentement vers le hangar. En poussant la porte, j'ai dit que je n'avais pas vu la voiture. La jeune fille a haussé les épaules. Je me suis effacé devant elle puis j'ai gagné l'angle nord-nord-ouest, près des parpaings. J'ai observé les murs, les plafonds, les colonnes, les mille et une fissures du sol. Je savais déjà à quoi j'allais occuper les jours à venir. Puisque ni Louise ni moi ne dissimulions de secret, l'objet de la filature se trouvait peut-être caché entre les pierres de mon abri. L'ampleur de la tâche ne m'effrayait pas.

L'œil fut le premier instrument de la fouille. J'ai promené mon regard sur les murs, le sol, les piliers, le plafond même. J'ai observé la pierre comme s'il se fût agi de la galaxie. Pas un centimètre carré ne m'a échappé. J'ai repéré les anfractuosités douteuses, les jointures, les fentes, les creux, les reliefs étranges. Le hangar s'est mué dans mon esprit en une sphère que j'ai quadrillée à partir d'un point zénith, déterminant un équateur, des déclinaisons positives et négatives, des ascensions droites, un écliptique. Pendant trois jours, j'ai passé en revue toutes les cavités du lieu. J'en ai dénombré mille treize. Je n'ai rien dit à Louise. Lorsque je devinais ses yeux posés sur moi, je fixais le point sur lequel je m'étais arrêté et feignais de regarder sans voir, comme font ceux qui rêvent ou qui s'abstraient. La nuit, après qu'elle se fut endormie, j'allumais une bougie et rôdais le long des murs, grattant la pierre aux endroits qui m'avaient intrigué. Ou encore, je promenais la flamme le long d'une fissure, cherchant un panneau pivotant, une ouverture secrète. Je marchais à tâtons, parallèlement aux parois, mon corps formant écran entre la bougie et ceux du dehors qui, peut-être, me surveillaient depuis le terrain vague. Je me cachais d'eux pour qu'ils ne jugent pas mes actes comme ceux d'un suspect ou d'un coupable, et de Louise parce que je ne voulais pas qu'elle transformât mes doutes en certitudes. Je craignais autant de donner un objet à ses frayeurs naturelles que de provoquer une fuite qui me paraissait inévitable si elle venait à considérer le hangar comme un lieu ne l'abritant plus. En quoi je me trompais. Car la vingt-troisième nuit, alors que j'observais de près le cratère de Gassendi, j'entendis sa voix, venue du pilier nord où elle dormait, et cette voix disait qu'il n'y avait certainement rien de ce côté-là, que nous pourrions vérifier ensemble au grand jour, si je le voulais bien, si je lui accordais le droit de fouiller avec moi ce lieu qui ne lui appartenait pas. Je me suis retourné vers elle, et j'ai avancé en direction du pilier nord. Elle était allongée sur le matelas, une couverture remontée jusqu'au menton. Elle m'observait fixement. Ses traits n'étaient nullement brouillés. J'ai compris qu'elle était éveillée depuis longtemps, que peut-être elle ne s'était pas même endormie.

« Soufflez la flamme, a-t-elle dit à voix basse. Ils pourraient vous voir du dehors. »

Je me suis agenouillé dans l'ombre. Mes doigts sont restés collés à la bougie, mais c'était comme s'ils s'étaient posés sur sa main, comme s'ils avaient glissé sur sa paume, jusqu'à l'attache du poignet.

J'ignore pourquoi nous ne nous sommes pas enlacés alors. C'était cela que ses yeux commandaient. C'était cela que je désirais. Mais nous ne l'avons pas fait. Je n'ai pas su trouver les mots qui nous eussent rapprochés. Et elle non plus. Nous étions là, dans l'ombre, telles deux sculptures posées sur la pierre. Il m'était impossible d'ouvrir la bouche. Toute parole étrangère à la peur était étrangère à nous-mêmes. Nous étions incapables de nous mouvoir dans un périmètre plus large que celui dont les limites avaient été tracées autour de nous. Dans ces conditions, le silence et le renoncement apparaissaient comme nos ultimes sauvegardes.

Le hangar n'abritait aucun secret. Je crois que nous l'avons su très vite, peut-être même le savions-nous depuis toujours. Nous avons suivi les fissures, sondé les creux et les bosses, creusé les parties tendres jusqu'à l'extrême limite que nos bras pouvaient atteindre. Il n'y avait rien. Rien sur les murs, rien derrière les piliers, rien au sol. Mais nous avons recommencé. Les murs, les piliers, le sol. Puis la cheminée, la fosse, les rainures des fenêtres. Et encore le sol. Et encore les murs. Et les piliers. Nous n'attendions plus rien de la fouille, mais elle se substituait à sa cause, produisait de nouveaux effets qui devenaient antécédents à leur tour, et l'origine disparaissait ainsi, remplacée par de multiples chemins de fuite que nous creusions inlassablement dans la pierre. Nous avons passé des heures à nous interroger et à sonder, revenant sans cesse ici ou là, posant mille questions dont nous n'ignorions pas, au plus profond de nous-mêmes, qu'elles demeureraient sans réponse. Nous avons fait cela pour nous protéger de la raison principale, la seule qui eût quelque réalité : la voiture blanche. Nous l'avons ensevelie sous toutes les cicatrices du hangar, en découvrant de nouvelles chaque fois qu'elle émergeait des constructions où nous essayions de l'immerger. Et c'est ce château de cartes qui fut brusquement détruit un soir que nous revenions du dépôt de papier où nous étions allés voler quelques centimètres de barbelé pour mieux fouiller les fentes profondes de nos murs.

L'odeur nous a frappés en plein visage alors que nous passions entre les piliers nord et nord-est. C'était un parfum d'homme, poivré et nauséeux, un produit bon marché que je n'avais jamais respiré jusqu'alors. Je ne l'ai pas analysé sur le moment. De toute façon, son arôme ne changeait rien à cette évidence, la deuxième pourrait-on dire, le pas suivant dans le dérèglement, celui qui vous conduisit, messieurs, à pénétrer dans mon hangar par un après-midi du mois de mars.

J'ai soufflé la bougie que je tenais à la main et me suis écarté des fenêtres pour échapper aux phares de la voiture, qui auraient pu s'allumer, me clouer comme un papillon de nuit — si du moins la voiture avait été là, à la place qu'elle occupait quelques jours auparavant, parmi les épaves. Puis je me suis accroupi entre les piliers et, tout doucement, j'ai appelé Louise. Elle m'a rejoint en rasant les murs et s'est agenouillée devant moi. Elle m'a regardé et a porté son doigt à ses lèvres. Son visage m'est apparu dans le clair-obscur de la lune. Il était étrangement déterminé. Le regard brillait plus que de coutume, mais la paupière ne cillait pas et la bouche demeurait close.

Nous sommes restés ainsi durant un long moment à guetter les bruits et les mouvements. Rien ne nous prouvait que l'étranger eût décampé. Il était peut-être entré longtemps avant nous, avait pris le temps d'observer notre dîner avant de s'installer dans un coin reculé. Il n'était pas impossible qu'il fût assis non loin, épiant l'ombre lui aussi, attendant l'instant le plus favorable pour nous interpeller ou fondre sur nous.

J'ai adressé un signe de connivence à Louise puis, tout doucement, j'ai murmuré : « Hello. » J'ai dit que nous étions deux dans ce hangar, qu'il y avait de la place pour trois et que nous ne verrions aucun inconvénient à partager le lieu avec qui souhaiterait y vivre à nos côtés. Je me suis excusé pour la manière dont j'avais reçu l'étranger, ou plutôt dont je ne l'avais pas reçu, expliquant que personne n'entrant jamais ici, je n'avais pas imaginé que quelqu'un pût nous attendre... Ma voix cognait contre les murs puis retombait sans écho. Tout en parlant, je scrutais l'ombre alentour. Louise ne soufflait mot. Elle avait posé sa main sur sa cuisse. J'entendais la peau froisser le tissu.

J'ai gagné l'extrémité nord-est du bâtiment, longé le mur vers sud-est, puis sud-ouest, nord-ouest, retour sur nord-est. Il n'y avait personne. Mon ombre, agrandie par la pleine lune, fantomatique et démesurée sur les parois grises.

Je suis allé chercher Louise près du pilier central et l'ai entraînée à pas de loup vers la cheminée. Puis je suis reparti en direction du matelas. Je m'y suis allongé à grand bruit. J'ai bâillé, soufflé. J'ai attendu quelques minutes puis, rampant sur le sol, la couverture roulée devant moi, j'ai rejoint Louise derrière la cheminée, dans l'angle nord-ouest. Nous nous sommes blottis là, l'un contre l'autre, appuyés à la pierre. A voix basse, j'ai dit que si quelqu'un tentait de nous attaquer sur le lit, il en serait pour ses frais.

J'ai passé la nuit à guetter, enroulé dans la couverture. A l'aube, j'avais acquis la certitude que personne ne se trouvait plus là. Je me suis alors persuadé que le plus grand danger viendrait de l'extérieur. J'ai observé en direction de la fenêtre jusqu'au matin. Quelques voitures sont passées sur la route. Aucune ne s'est arrêtée. Je n'ai pas entendu de bruit suspect. Lorsque Louise s'est éveillée, je lui ai préparé un café fort. J'avais froid. Mes membres étaient engourdis. L'odeur semblait s'être volatilisée. Je me suis tourné vers la jeune fille et j'ai dit, en ricanant, que j'avais fait montre d'une grande arrogance en croyant que quelqu'un pourrait s'intéresser à moi, fût-ce pour me dévaliser. Elle n'a pas répondu. Je me suis laissé tomber près des parpaings. J'ai baissé la tête. Ma main s'est posée sur la pierre. Elle a commencé d'aller et de venir, tout doucement, sans heurt.

J'ai approché l'écharpe noire de mon visage. J'en ai respiré longuement le parfum puis, pour la première fois depuis que je suis entré dans cette pièce, j'ai demandé à boire. L'un de ces messieurs a passé commande par téléphone. Peu après, une porte s'est ouverte derrière moi. J'ai sursauté. Mon corps fut pris d'un bref tremblement. J'ai porté mon regard aussi loin que possible, à droite puis à gauche, sans bouger la tête. Mais je n'ai rien vu. Un inconnu se tenait non loin, les yeux vissés sur ma nuque. Ma main est remontée jusqu'à mon cœur. Mes doigts ont serré l'étoffe de l'écharpe. Je me suis efforcé de contenir le flot de panique qui s'emparait de moi. J'ai pensé que je devais me retourner, que je ne risquais plus rien. Mais je n'ai pas pu. C'est à peine si j'ai su esquisser une rotation de quelques degrés sur la chaise. J'étais trop habitué à observer en catimini pour me défaire des manières prises. Je suis donc resté immobile, les mâchoires crispées, sans plus ouvrir la bouche. Dans l'attitude qui fut la mienne les derniers jours, lorsque je demeurais le dos collé aux pierres du hangar afin que personne ne me surprenne par-derrière.

On a posé le verre sur la table. L'homme assis face à moi a prononcé quelques mots que je n'ai pas compris. Mais la porte fut refermée. Nous nous sommes retrouvés seuls, tous les trois. Le silence est tombé entre nous, sans qu'ils le troublent. J'y ai lu comme une attention à l'égard de mes émotions, un respect pour ma personne. Nous n'étions pas seulement confinés dans cette pièce ; adversaires dans la même partie, nous étions également complices face aux règles qui nous avaient réunis. Les jours précédents, les dernières heures, avaient créé une sinistre complémentarité en vertu de laquelle l'histoire et le temps présent nous assemblaient alors que, vainqueurs sans contestation possible, ils ne s'employaient qu'à me perdre — et me perdraient irrémédiablement.

Je les ai regardés. L'un relisait ses feuilles, assis derrière le bureau ; l'autre contemplait le fleuve sans mot dire. Ils ne manifestaient plus ces impatiences du début ; ils commençaient à comprendre. Cependant, même s'ils n'ignoraient plus où j'allais les mener, ils attendaient que je gravisse les ultimes degrés qui m'avaient conduit face à eux, dans cette pièce et sur cette chaise. Ils ne me permettraient aucune omission. Je devais parler de la raison des choses, si l'on peut appeler ainsi cette déraison particulière qui leur tiendrait lieu d'explication ou, pis encore, de mobile. C'était cela qu'ils attendaient.

J'ai bu mon verre d'eau. Ils m'ont posé quelques questions auxquelles j'ai répondu évasivement. Ils ont insisté. J'ai dit que je ne me soumettrais pas à leurs règles. Que les cartes étaient toutes en ma possession, que je comptais les abattre dans l'ordre qui me convenait, celui-là même qu'ils avaient adopté le premier jour. L'un d'eux a soupiré. L'autre m'a demandé qui de la jeune fille ou de moi avait choisi de quitter le hangar. J'ai dit que nous n'avions pas choisi. Qu'ils l'avaient fait pour nous. Qu'à partir du jour où ils pénétrèrent chez moi, nous ne fûmes plus capables de décision. Nous sommes allés à la dérive. Ils bordaient le côté droit de la route. Sur l'autre flanc, il y avait l'ultime limite. C'était la plus dangereuse. Nous ne l'avons pas vue. Sauf à la fin, après qu'ils nous eurent étouffés, réduisant à rien l'infime territoire où nous nous débattions pour vivre encore.

Le premier pas fut fait par Louise. Lorsque je me suis éveillé, le vingt-cinquième jour, elle était devant moi, sa valise à la main. Elle avait revêtu la robe ample qu'elle portait le soir de son arrivée. Je ne la décrirai pas : ils la connaissent. Je ne dirai pas non plus quelle expression affichait son visage : ils la connaissent tout autant. Peu importe ce que moi-même y ai lu. Qu'ils se contentent de savoir qu'elle avait ces yeux lourds de chien battu qu'ils lui verront maintes fois, à la ville et plus tard, après notre retour. Là n'est pas l'essentiel.

Elle m'a dit : « Il faut partir. » Et moi, j'ai acquiescé. Je me suis levé, j'ai glissé mon manteau dans ma vieille valise en fer et je suis sorti du hangar à reculons. J'ai regardé les murs, les piliers, mes constellations imaginaires, puis je me suis détourné et j'ai suivi Louise sur la route. Je ne me suis pas posé la question de savoir si je reviendrais. J'ai ignoré le terrain vague, les épaves, le cimetière. Je marchais la tête basse, comptant mes pas dans la tiédeur du petit matin. Je chantonnais le *duetto* de la *Cantate BWV 28.*

Je n'avais pas remis les pieds à la ville depuis sept mois. Dans mon esprit, elle s'était réduite à une bâtisse d'un autre âge autour de laquelle j'avais tourné pendant vingt-cinq jours et autant de nuits. Mes pensées s'étaient coagulées là, entre des trottoirs oubliés, des rues que je ne savais pas me représenter, des passants, des lampadaires, des autobus et des camions — une nébuleuse aussi informe que la constellation d'Eridan.

Lorsque nous y sommes arrivés, le sang battait à mes tempes. Nous avons traversé un parc avant de nous arrêter sur les dernières marches d'un grand escalier. J'ai posé ma valise sur le sol et j'ai regardé autour de moi, très lentement. Je ne savais pas ce que je faisais là. J'ignorais où je remettais les pieds. Les voitures m'étaient étrangères, et l'avenue qui fuyait plus bas, les passants, les arbres, la poussière. Mais j'étais là.

Je me suis tourné vers Louise. Elle me considérait avec une grande douceur. Elle avait ramené ses mains devant elle, sur son ventre. Les phalanges étaient entrecroisées l'une à l'autre, blanches à force d'avoir été crispées.

« Je n'aime pas cette ville, ai-je dit.

— Moi non plus. C'est celle de Maison rouge. »

Je lui ai proposé de nous en retourner. Elle a haussé les épaules. J'ai descendu une marche, puis deux. Le temps m'a paru singulièrement long. Au bas de l'escalier, je me suis arrêté : j'avais oublié la valise. Je me suis retourné. Elle était là-haut. J'ai hésité un moment avant de remonter la chercher : la paume de ma main, après tout, s'y était habituée.

J'ai rejoint Louise sur le trottoir. Je me suis demandé où nous irions. J'étais privé de direction. Debout dans la rue, une femme à mon côté, le col de ma veste remonté jusqu'aux oreilles, mais sans direction. J'avais trente-six ans. J'ai répété cela : « Tu as trente-six ans. » Je n'ai rien trouvé de plus à dire.

Il y avait un passage clouté. Je l'ai emprunté, marchant bien au milieu. Louise m'attendait de l'autre côté. Elle a dit que nous suivrions l'avenue jusqu'au sud. Peut-être était-ce le nord, mais, a-t-elle ajouté, quand ça descend, pour moi, c'est toujours vers le sud.

Nous avons marché côte à côte. J'ai fait très attention à moi sur deux ou trois cents mètres. J'avais moins peur de mon corps que de sa rencontre avec d'anciennes petites choses. Je devais les regarder en face, comme les chiens. Avant tout, je craignais les réminiscences.

J'ai commencé par aller doucement, les bras bien repliés le long du torse. Puis j'ai allongé le pas, et l'assurance m'est venue, peu à peu. C'était assez simple. J'ai regardé le ciel, qui était bas et gris. Je marchais dans un élément opaque qui ne réfractait rien. Il n'y avait pas de soleil, comme le jour de notre arrivée, il ne pleuvait pas, comme le jour de mon départ. C'était autre chose. Un instant différent. Je m'accompagnais. J'avais un nom, un prénom, un poids, une taille, une allure, des pensées, faim, froid, sommeil, du temps devant moi. J'allais, comme bien d'autres. J'étais un individu ordinaire.

Un homme nous a abordés pour nous demander du feu. Nous n'en avions pas. Il a repris sa route après s'être excusé d'un mouvement du menton. Nous l'avons suivi, à distance. Nous sommes arrivés sur un pont. Louise s'est appuyée à la rambarde et a regardé le flot de la circulation, plus bas. Elle a dit qu'elle avait l'impression de contempler la mer. Le soleil se reflétait sur les carrosseries, nous renvoyant des éclairs argentés qui lui rappelaient l'océan, un matin, après la tempête. Elle a murmuré :

« Je dis cela au hasard. Je ne suis jamais allée à la mer. »

Mais c'était ainsi. Elle se trouvait sur une plage de galets et les flots tourbillonnaient autour d'elle. Il y avait des embruns, pas de poissons, quelques algues, et elle était là, debout, à considérer ce miracle. Elle entendait même des cornes de brume.

Nous avons longé le pont jusqu'à une ruelle qui débouche sur une place. Je me suis arrêté devant une école et j'ai regardé les enfants jouer dans la cour de récréation. Quand j'en fus lassé, je me suis approché d'un magasin de chaussures. Puis j'ai observé la rue, un tricycle abandonné sur le trottoir, deux chats errants. Je n'avais pas envie de poursuivre.

A midi, nous sommes arrivés au centre de la ville. J'avais soif. Nous nous sommes installés à la terrasse d'un bistrot. On ne refuse jamais un verre d'eau à un homme qui a soif. C'est écrit dans la loi.

Louise a bu tout en jetant des regards en biais autour d'elle. Je voulais rester là aussi longtemps que possible. A deux heures, le garçon nous a apostrophés. Je lui ai demandé un autre verre d'eau, mais il m'a dit qu'il fallait consommer. Je n'ai pas compris.

« Vous ne devez pas rester ici sans boire », m'a-t-il dit.

J'ai montré mon verre et j'ai répondu :

« Je bois.

— Non, vous ne buvez pas. »

J'ai porté mon verre à mes lèvres.

« Vous voyez bien : je bois. »

Il est revenu peu après. Il ne s'est pas adressé à moi.

« Madame, il faut consommer. Vous faites semblant. Vous ne buvez pas. »

Louise fut prise d'un tremblement. J'ai glissé la main dans la poche revolver de mon pantalon. Il y avait quelques billets. J'en ai tendu un. Le garçon nous a apporté une grande bouteille d'eau minérale. J'ai réclamé une pomme et un morceau de sucre. J'ai donné la pomme à Louise, et j'ai grignoté le sucre en me demandant si tout cela valait la peine. Puis j'ai songé que le plus important consistait à trouver un endroit où dormir. Je dis cela ainsi, qui ne reflète pas l'exacte vérité : peu m'importaient le sommeil et le lieu du sommeil. Une niche aurait suffi.

J'ai appelé le garçon et lui ai demandé s'il connaissait un lieu où nous pourrions aller. Il m'a regardé en riant et m'a proposé la rue. J'ai baissé la tête.

« Le trottoir, si vous préférez. Ou les ponts : on y est à l'abri du vent.

— Je ne suis pas clochard, ai-je répondu.

— Vous avez eu un accident ?

— Oui. »

Il m'a regardé avec commisération et m'a indiqué un hôtel situé de l'autre côté du pont. Nous nous sommes levés. Je n'ai pas franchi le pont, considérant qu'un hôtel ici valait bien un hôtel ailleurs. Qu'il y eût une belle vue ou qu'on y accédât facilement m'était indifférent. Je désirais un espace clos, pas davantage. Un lieu abrité où personne ne me demanderait mon nom, mon âge, la profession de mes parents, ma situation de famille.

Nous avons trouvé un hôtel. Je suis entré par la grande porte et j'ai réclamé deux chambres. Louise m'a rejoint dans le hall. On nous a priés de suivre, et nous avons suivi. Je me suis retrouvé dans une petite pièce donnant sur un boulevard. Il y avait un lit double, une armoire, deux tables de nuit et un lavabo. J'ai dit que c'était parfait. On m'a laissé seul. De l'autre côté de la cloison, j'ai entendu grincer les ressorts d'un matelas : Louise s'était couchée.

Je me suis allongé à mon tour, et j'ai serré les poings à en mourir. Ma main droite s'est posée sur ma main gauche, elle l'a enveloppée, l'a placée sur la couverture, à côté de mon corps, et ainsi est-elle restée, longtemps, jusqu'à ce que je m'assoupisse.

Lorsque je me suis éveillé, un peu plus tard, je suis resté immobile, observant ce spectacle peu commun d'un homme se donnant la main, enfermé seul dans une chambre d'hôtel. Un souffle m'avait tiré de ma torpeur, mais j'ignorais si j'avais rêvé. J'ai continué d'observer mes mains tout en tendant l'oreille, mais il n'y avait rien, nul bruit, nul mouvement, pas le moindre dérèglement dans cette pesanteur lourde qui comprimait les murs de la chambre. Mon regard a accroché le papier peint, et je me suis mis à compter les fleurs, les fleurs et les papillons, les papillons. J'en ai dénombré cent trois à gauche, entre le coin et l'extrémité de la fenêtre. Après multiplication, j'ai estimé que j'allais dormir entre huit cent vingt-quatre fleurs, fleurs et papillons, papillons. Cette pensée me fut insupportable. Je me suis levé, j'ai griffonné un mot que j'ai glissé sous la porte de la chambre voisine et je suis descendu.

J'ai quitté l'hôtel. J'ai marché rapidement entre les arbres à la recherche d'un lieu reculé. Je tremblais légèrement. Un chahut malvenu montait dans mes jambes, attaquant le bassin. Il fallait rester calme. Je devais ralentir le pas, glisser ma main dans la poche de ma veste et aller sereinement, les yeux bien ouverts, l'allure souple. Comme les autres. Il me suffisait de regarder et d'imiter. Ce n'était pas bien compliqué. Dans cette ville, nous étions certainement nombreux à avoir eu peur au moins une fois de huit cent vingt-quatre fleurs, fleurs et papillons, papillons.

Je me suis parlé à moi-même pendant une heure. Ce fut assez doux. La nuit venue, je suis descendu sur les berges du fleuve. Je me suis assis, les pieds dans le vide. J'ai croisé les bras. J'avais froid, mais je me disais que ce n'était pas grave. J'avais faim, mais j'étais habitué. J'étais seul. Ce n'était pas la première fois.

Le silence est tombé sur la ville, puis l'ombre a fait danser les lumières et je suis resté assis face au fleuve. Des remous clapotaient près des piliers. J'ai vu la mer. C'était une illusion. En face, sur l'autre rive, de lourds bâtiments se découpaient sous le halo lunaire. D'autres pesaient dans mon dos. J'étais encerclé.

J'ai laissé mes pieds battre dans le vide. Mes mains serraient le col de ma veste. Je ne pensais à rien. Mon esprit suivait les brassées lentes du courant, à deux mètres sous moi. J'avais envie de me recroqueviller davantage encore et de dormir. Mais la pierre était trop froide. Je n'avais plus la force de tomber malade.

Je me suis levé à trois heures du matin. Je voulais échapper à la poigne verticale de la nuit qui paralysait mes membres. Je me suis éloigné du fleuve, remontant lentement vers le cœur de la ville. Des affiches lumineuses clignotaient comme des aboiements silencieux.

Mes pas m'ont naturellement conduit derrière Maison rouge. Façade est, troisième étage, deuxième fenêtre en partant de la gauche. Je l'ai fixée longtemps, longtemps, puis je me suis détourné et j'ai marché vers un café situé au bas du grand escalier, à vingt mètres du bâtiment. J'y suis entré et me suis installé près de la fenêtre, le plus loin possible du comptoir. La salle était semblable à un hall. Il n'y faisait pas chaud, il n'y faisait pas froid. La lumière tombait crue des plafonds. De la sciure jonchait le sol.

Le serveur s'est approché. Je lui ai demandé une tisane et quelque chose à manger. J'ai attendu. Au bar, des jeunes gens buvaient de la bière. Ils regardaient dans ma direction, un peu au-delà, en proférant des sarcasmes. Je me suis retourné. Louise était assise au fond de la salle. Elle observait les façades de Maison rouge. Elle se tenait très droite, en retrait, les jambes ramenées sous elle, les mains posées de part et d'autre d'un verre vide. Elle portait son écharpe noire dont les extrémités tombaient sur ses genoux. Ses cheveux paraissaient gris sous les néons. Elle fixait la fenêtre, ignorant les consommateurs assis au bar.

Le serveur a déposé une tasse brûlante devant moi. Il s'est excusé de ne pouvoir m'offrir à manger à cette heure de la nuit. J'ai dit que je n'avais pas faim. Il m'a prié de le payer, je me suis exécuté, il a gardé la monnaie. Je me suis levé et j'ai rejoint Louise. Elle a tourné son visage dans ma direction et a souri faiblement.

« Ne les écoutez pas », a-t-elle dit en désignant les consommateurs d'un mouvement du menton.

Je me suis retourné. Un des hommes assis au bar m'observait. Je l'ai fixé sans ciller. Le spectacle de ces mâles regroupés autour de canettes de bière me replongeait dans des situations mille fois vécues dont je ne suis jamais sorti à mon avantage. Leurs vociférations, les bourrades qu'ils se lançaient, leur allure même m'étaient insupportables. Ils étaient ce que je ne suis pas : une force. Celui qui me fixait était semblable à tous les autres : mon ennemi irréductible. Debout, un verre à la main, alors que j'étais assis, les pieds dans la sciure. Et ce soir-là, j'avais beau ne rien vouloir connaître ou reconnaître, ni les autres ni moi-même, j'avais beau me dire que mon salut passait par cette inertie à toute chose, je me suis laissé entraîner comme jadis par la roue du malheur.

L'homme qui me dévisageait a posé son verre sur le rebord du comptoir, puis il s'est approché à pas lents, s'est campé devant moi et m'a ordonné de baisser le regard. Je n'ai pas obéi. Je savais ce qui allait arriver. Je n'éprouvais aucune crainte et je l'ai considéré bien en face, les mains à plat sur mes genoux. Le serveur s'est approché au moment où l'homme renversait la table sur le côté. J'ai entendu Louise crier. Une main est tombée sur ma joue. Emporté par la force du coup, j'ai basculé sur le sol. Je ne me suis pas relevé aussitôt. Je me suis assis dans la sciure, jambes écartées, et j'ai regardé mon agresseur. Je ne bougeais pas. Je répondais à sa violence par les yeux et la bouche. Je l'insultais en silence. S'il avait lancé son pied contre mon visage, je n'aurais rien fait, rien dit. J'aurais continué de le fixer avec un mépris indicible. C'était là ma force. Ma haine résistait mieux à sa brutalité qu'un poing maladroitement appliqué sur une mâchoire. Le ressentiment que j'éprouvais pour lui le dominait entièrement. J'attendais qu'il tourne les talons après avoir craché ou haussé les épaules. Je savais qu'il ferait cela. Je connaissais mes ressources, qui en valent d'autres lorsque je peux les utiliser contre un ennemi qui se montre. Je ne fuis pas l'agression. Je sais me défendre. Je ne suis pas capable de lutter contre des mouvements furtifs, une présence indiscernable, mais je ne me dérobe pas devant l'obstacle. A condition de le voir. On comprendra que ces propos ne relèvent pas du hasard.

Nous avons repris le chemin de l'hôtel immédiatement après que les hommes eurent retrouvé leur place devant le bar. Je saignais du nez. A un moment, Louise s'est tournée vers moi et a dit :

« Vous saignez du nez. »

Elle m'a fait arrêter sous un lampadaire, elle a pris mon visage entre les mains et elle a léché ce sang qui coulait sur ma lèvre supérieure. Puis elle m'a regardé droit dans les yeux et a dit :

« Maintenant, vous ne saignez plus. »

Je me suis laissé aller contre elle, j'ai entouré ses épaules de mon bras, et nous nous sommes embrassés sans nous quitter du regard, dans la nuit, sous le lampadaire.

A l'hôtel, le réceptionnaire nous attendait. Il est venu au-devant de nous alors que nous nous dirigions vers l'escalier. Il m'a dévisagé par en dessous et m'a demandé de régler la note. Je l'ai observé avec surprise. Il se dandinait d'une jambe sur l'autre. C'était un gros homme mal rasé qui transpirait abondamment. Il parlait bas. Sa chemise était ouverte sur un collier à larges maillons qui étincelait dans la lumière de l'entrée. J'ai dit que nous nous occuperions de la note le lendemain, au réveil. Il a secoué la tête. J'ai fait un pas dans le couloir. Il m'a attrapé par le coude et m'a demandé de le suivre jusqu'au bureau.

« Demain, ai-je répété en me dégageant.

— Non.

— Pourquoi ?

— Vous ne pouvez pas dormir ici cette nuit. »

Louise s'est écartée. Le réceptionnaire l'a appelée alors qu'elle posait le pied sur la première marche de l'escalier.

« Il faut aller chercher vos affaires, payer et partir. »

J'ai demandé quelques explications. Il est resté muet. Il nous considérait avec intérêt et méfiance. Louise est venue vers lui sans se hâter. Sa lèvre frémissait. Elle a dit que nous resterions là. Qu'il n'avait pas le droit de nous chasser en pleine nuit.

« Il y a d'autres hôtels, a dit l'homme en reniflant bruyamment.

— C'est celui-là que nous avons choisi. Nous payons. Vous n'avez rien à ajouter. »

Le réceptionnaire a sorti une feuille de sa poche revolver. Il l'a défroissée et me l'a tendue.

« C'est deux cents francs.

— Pourquoi faites-vous cela ?

— Je ne veux pas d'ennuis. »

Il a eu un mauvais sourire.

« Allons chercher nos affaires, ai-je dit à Louise. Nous dormirons ailleurs. »

Nous sommes montés à l'étage. J'ai poussé la porte de la chambre. Ma valise était là, mais pas à l'endroit où je l'avais laissée. Je l'ai ouverte avec précipitation. Mon manteau avait été déplié puis replié hors de ses marques.

Nous sommes redescendus en silence. Le réceptionnaire nous attendait dans l'entrée. Je lui ai tendu deux billets. Il nous a précédés dans le couloir. Lorsque Louise eut franchi l'embrasure, il m'a retenu par la manche.

« Vous ne leur échapperez pas. »

Son visage était brun, luisant. Il m'observait avec une méchanceté tranquille.

« Les policiers vont par deux, mais ils se multiplient plus vite que la lumière. »

Je l'ai longuement regardé, puis j'ai rejoint Louise. Nous avons marché dans les rues noires, suivant au hasard les artères les plus larges. Peu de voitures circulaient encore. Nous ne vîmes pas d'auto blanche. Lorsqu'un pas se faisait entendre derrière nous, Louise obliquait vers la droite ou vers la gauche, et je la suivais sans poser de question. Je m'efforçais de combattre la tentation que j'éprouvais de me retourner sans cesse, de scruter les avenues, fouiller sous les porches ou derrière les arbres. Je savais que si je commençais maintenant, la marche me deviendrait insupportable. Je savais aussi que je n'y résisterais pas, mais je voulais différer, il s'agissait presque d'un jeu. Mon regard ne devait pas dévier du chemin qui s'ouvrait devant nous, il ne fallait pas ralentir, il ne fallait pas accélérer, nous irions à notre rythme, sans prêter attention aux ombres et aux bruissements. Notre volonté seule nous empêcherait de tomber d'un coup dans la fondrière que deux hommes creusaient sous nos pas.

A l'aube, nous sommes entrés dans la salle d'attente de la gare. Louise s'est pelotonnée sur un banc, la tête penchée sur ses genoux. Je me suis assis à son côté. Elle s'est appuyée contre mon épaule et a dit qu'elle allait dormir quelques instants. Elle a dit que lorsque tout paraissait bloqué autour de soi, on pouvait vaincre l'enfermement par le sommeil. Il était une merveilleuse échappatoire. Elle avait découvert cela à Maison rouge. Elle a dit que le sommeil était semblable à une petite mort. Qu'il fallait éviter de penser avant de s'endormir et qu'elle avait inventé un moyen pour cela. Il suffisait de se bercer. Elle a dit qu'elle faisait un nid de son propre corps, qu'elle touchait sa peau, respirait son odeur, fermait les yeux sur le monde qu'elle voulait quitter pour se replier peu à peu sur un état d'enfance qui la protégeait de ses chagrins d'adulte. Elle tournait son visage de droite à gauche, lentement, puis le corps suivait, et elle chantonnait pour elle-même des airs qui la plongeaient dans une béatitude douce, un embrouillamini d'images paresseuses, proches, certainement, de celles que les enfants s'inventent lorsqu'on les berce. Elle a dit qu'aucune couverture n'était plus légère que celle-là, et elle a commencé de fredonner tout en laissant aller son visage, yeux clos, de ma joue à mon épaule, dix fois, vingt fois, et lorsque je l'ai regardée, après qu'elle se fut endormie, sa bouche s'était refermée sur un sourire de petite fille.

J'ai observé alentour, de cette façon particulière qui allait devenir la mienne jusqu'au dernier jour : nuque raide, faisant aller mes yeux de droite à gauche, le plus loin possible chaque fois avant de bloquer mon regard sur l'angle le plus rassurant.

Un homme s'est assis à ma gauche. Il portait des chaussures à lacets, un pantalon clair, des chaussettes de laine noire. Je n'ai pas bougé. Un tremblement imperceptible s'est emparé de moi. J'eus chaud, soudain. Je détournai mon visage de trois degrés vers la droite, à la recherche des vitres de la salle d'attente. Mais j'eus beau scruter dans leur direction, elles ne me renvoyèrent aucune image de l'inconnu. Il s'était installé là, au côté de Louise, jambes croisées, mains sur les genoux, et il demeurait immobile, nous observant peut-être, prêt à se lever derrière nous, à marcher dans notre sillage.

Sa main quitta sa jambe, il se baissa, j'aperçus une manche de blouson de peau, une serviette dans laquelle il fouilla, le journal qu'il sortit et déplia devant lui avant de se renfoncer sur le banc, invisible à mon regard. J'entendis un bruit de feuilles froissées, puis plus rien. J'attendis. Je comptai. Je vérifiai sur la trotteuse de ma montre. Trois minutes, et il n'avait pas tourné la page. Il ne lisait pas. Il feignait de s'absorber dans des informations qui ne l'intéressaient pas. Il m'observait. Si je me tournais vers lui, il hausserait légèrement les coudes et je ne le verrais pas. Il se dissimulerait derrière son journal, attendant que j'eusse repris ma position pour retrouver la sienne, le regard en biais, fixé sur ma nuque et mes épaules. Mais je le surprendrais. Lorsqu'un voyageur pousserait la porte, je suivrais la rotation de la glace jusqu'au moment où il m'apparaîtrait en reflet, dans la transparence. Alors j'éveillerais Louise et lui présenterais l'homme. Ou encore, nous partirions sans tarder. Il se lèverait derrière nous, mais je le sèmerais entre la gare et Maison rouge. Il suffirait de courir. Nous abandonnerions nos valises pour aller plus vite. Il ne nous rattraperait pas.

Un voyageur a poussé la porte. J'ai suivi la rotation de la glace, et l'inconnu m'est apparu en reflet, dans la transparence. Il tenait son journal replié sur ses cuisses. J'ai pivoté dans sa direction. L'homme faisait des mots croisés. J'ai attendu quelques secondes puis je me suis de nouveau tourné vers lui. Je l'ai fixé entre les sourcils. La sueur me dégoulinait le long du dos. Je suis resté ainsi jusqu'à ce qu'il abandonne son journal. Nous nous sommes observés. C'était un vieillard. Il a jeté sur moi un regard très doux, puis, timidement, m'a demandé si sa présence me dérangeait. Je n'ai pas répondu. Mes mâchoires étaient crispées. Je haïssais cet homme. J'aurais voulu le frapper.

Il s'est levé, a ramassé sa serviette, puis il est allé s'asseoir à l'autre bout de la salle d'attente, en face de moi, à vingt mètres. Il a tenté de s'absorber à nouveau dans ses mots croisés, mais je l'en ai empêché. Il m'a suffi de le regarder. Chaque fois que son visage quittait le journal, c'était pour tomber sur cet œil noir qui le considérait plus loin. Et à la fin, il est parti. Il a repris sa serviette, s'est soulevé de son banc et a quitté la salle d'attente après avoir haussé les épaules en passant devant moi. J'ai fermé les yeux. Ma raison n'avait pas résisté à l'encerclement. Je n'étais plus capable de poser les choses comme elles devaient l'être, c'est-à-dire comme un cheminement dépourvu d'origine. La vérité avait perdu toute substance. Je pouvais la considérer sereinement, me dire qu'il n'y avait pas de raison, que tout cela était injuste, le constat se diluait aussitôt. Les causes avaient produit des effets qui, seuls, nous étaient perceptibles, et c'était d'eux dont nous devions nous garder sans plus nous interroger. Il était inutile de chercher : cela ne changerait rien. Je ne comptais pas fuir plus loin car je l'avais fait une fois et cela n'avait pas suffi : ils nous avaient suivis sur la route, ils avaient découvert l'hôtel, ils nous retrouveraient là s'ils le souhaitaient. Et puis, si je me sauvais, je fondais la filature. Si je restais, ils s'effaceraient. Car ils finiraient par admettre que je ne dissimulais rien, que leur quête était sans objet. Mieux valait finalement qu'ils fussent là, au plus près, leur souffle sur ma nuque. Notre salut passait par l'odieuse promiscuité. Le hangar restait notre meilleure sauvegarde.

Louise s'est éveillée. Elle a abandonné mon épaule, y est revenue quelques secondes, puis, la bouche pleine de sommeil, a dit :

« Vous avez chaud. Vous êtes rouge. Que s'est-il passé ? »

Je n'ai pas répondu. J'ai pris ma valise dans une main, la sienne dans l'autre, et j'ai quitté la gare, Louise sur mes talons. Lorsqu'elle m'a rejoint, j'ai dit que je voulais fuir cette ville. Elle a acquiescé d'un hochement de tête. Nous avons traversé une avenue sans même regarder, puis nous sommes descendus rapidement en direction du fleuve. Nous l'avons suivi, marchant vers l'est. A midi, nous avions dépassé les derniers faubourgs. J'allais en avant, portant les deux valises. Je ne me souciais pas de suivre une direction quelconque. Je voulais disparaître, seulement disparaître.

A la fin du jour, nous sommes arrivés non loin d'un village. Louise avait faim. Nous nous sommes écartés du fleuve pour remonter vers les maisons. Quelques personnes nous ont croisés. Certaines ont marqué le pas en passant devant nous. Une femme accompagnée d'un enfant m'a regardé en grimaçant, puis elle a chuchoté quelques mots désagréables qui m'étaient destinés. Je n'ai pas répondu. Je me suis efforcé de marcher d'un pas régulier, le buste bien droit. Je voulais paraître infaillible.

Nous sommes arrivés à un croisement. Louise marchait à ma gauche. Elle cherchait une épicerie. Nous avons tourné dans une ruelle, et c'est là, à l'angle de deux vitrines, que j'ai vu l'homme. Il était agenouillé sur le trottoir, le visage levé dans notre direction. Sa main cherchait quelque chose le long de sa cuisse. J'ai vu le geste. Aussitôt, j'ai dit à Louise que nous devions faire demi-tour et rejoindre le fleuve. Je l'ai dit avec calme, sans frayeur car je n'avais pas perçu de danger particulier. Seulement une étrangeté. J'étais sensible à toutes les bizarreries, et celle-ci me heurta comme les autres, ni plus ni moins. C'est pourquoi j'ai proposé à Louise de nous en retourner. Mais elle ne l'a pas voulu. Elle a tendu le bras devant elle, me montrant une épicerie, cent mètres plus loin. Je l'ai accompagnée, sans un regard pour l'homme agenouillé sur le trottoir. Et comme je passais devant lui, j'ai senti l'odeur. C'était le parfum poivré et nauséeux du hangar. C'était l'infect relent qui m'avait fait fuir hors de mes murs. La catastrophe nous avait rejoints. Alors, je le dis, la peur a fondu sur moi. J'ai marché jusqu'à l'épicerie, les muscles de mon dos tendus à se rompre. J'ai franchi le seuil du magasin et me suis coulé dans l'angle le plus reculé, devant une machine frigorifique. Je me suis retourné. J'ai posé les deux valises à mes pieds. J'ai glissé les mains en appui, de part et d'autre du buste, dans la glace. J'ai oublié Louise. J'ai oublié que j'étais capable de gestes et de mouvements. Je suis resté là, paralysé, le regard fixé sur la porte. Et lorsque l'homme est entré à son tour, mes doigts se sont figés dans la glace et mes cheveux se sont dressés sur la tête. Oui, messieurs, mes cheveux se sont dressés sur la tête. Et l'inconnu m'est apparu comme un bloc marchant vers moi. Il n'avait pas de visage, pas d'expression. Il n'avait pas figure humaine. Il n'était que le poing de la menace, une abomination, le coup qui me projetterait dans le noir univers. J'allais mourir. L'homme n'était pas mon assassin mais mon fossoyeur. Nous n'étions liés par aucune cause, aucune raison, et je n'en cherchais pas. Lui adresser la parole en cet instant eût été aussi absurde que de demander l'heure au bourreau affûtant sa lame. Et je n'y ai pas songé. J'ai attendu. L'épicerie s'est lentement défaite sous mes yeux, une poussière granuleuse enveloppant volumes et surfaces. Je n'ai plus rien vu autour de moi. J'ai voulu frotter mes paupières, mais mes mains étaient collées à la glace de la machine frigorifique. Cinq secondes ont passé. Dans un brouillard, j'ai vu Louise. Elle approchait de moi, un sac à la main. Je lui ai crié de fuir. Elle a regardé autour d'elle. J'ai tiré sur mes mains, arrachant la peau de mes doigts. J'ai projeté mon avant-bras dans sa direction afin de l'éloigner de la ligne de tir. Je n'ai effleuré que le vide. Elle a attrapé mon poignet et a dit que nous allions nous en retourner vers le fleuve, qu'elle porterait les valises. J'ai fait un pas en avant. Le magasin était vide. Il ne s'était rien passé.

Nous avons posé nos valises au centre exact du hangar l'après-midi du vingt-sixième jour. Les ombres des piliers s'étendaient loin devant nous, quadrillant le sol comme les lignes d'un damier. Nos deux silhouettes étaient encloses entre ces filets sombres et mobiles, semblables aux pièces maîtresses d'un jeu d'échecs vidé de ses pions. J'ai regardé le sol de mon hangar et j'ai dit que nous ne nous bougerions plus désormais que sur cet échiquier-là. Assiégés, nous nous encerclerions nous-mêmes dans un espace façonné à notre mesure. Il serait notre coquille, nous ne le quitterions pas.

Je me suis tourné vers le mur du fond et j'ai souri à mes étoiles. Une tache lumineuse agrandissait les fondrières de l'océan des Tempêtes. Je me suis déplacé de trois pas vers l'est, puis j'ai pivoté vers le sud. Dehors, il y avait un soleil blanc et pâle, une résurrection froide que j'ai confondue avec la lune. Les épaves étaient immobiles, enchâssées dans la boue du terrain vague. Aucune voiture ne stationnait derrière la butte. Le cèdre frémissait doucement. J'étais rentré chez moi.

J'ai fait le tour du hangar à la recherche de mes marques. Je me suis assis sur les parpaings, j'ai tourné le robinet d'eau, je suis revenu vers la cheminée avant d'appuyer mon visage sur la nébuleuse d'Andromède. Le bien-être que j'éprouvais n'était pas dû à mon seul retour. Il venait aussi du renoncement tranquille qui m'habitait désormais : j'étais entré dans la peau du coupable.

Je suis allé vers Louise et j'ai posé ma main sur sa nuque, comme au premier jour. Elle n'a pas bougé. Elle était assise sur un moellon. Ses lèvres étaient figées en une grimace douloureuse. Elle tenait ses deux mains pressées sur les épaules, la pointe du menton lovée au pli d'un coude. Je me suis agenouillé face à elle. Je l'ai regardée sans parler, intensément, pour qu'elle puise en moi l'énergie qui lui manquait. Je voulais l'aider comme elle-même m'avait aidé lorsque nous étions sortis de l'épicerie. Elle m'avait expliqué combien les odeurs sont fatales quand on n'y prend pas garde. Elle m'avait convaincu de l'insolence des hasards et de celui-ci, de celui-ci précisément, qui m'avait affolé parce que je lui avais attribué un sens qu'il n'avait pas. Et elle avait dit que nous serions forts tant que nous ne sombrerions pas ensemble, tant que nous serions capables de nous corriger l'un l'autre, sa faiblesse étant maintenue par ma volonté, et inversement.

Je ne parvins cependant pas à la faire se lever. Elle resta à sa place, immobile. J'allai dans le terrain vague pour en ramener des cailloux, des pneus crevés et divers objets que je disposai çà et là, entre les piliers. J'éprouvais le besoin de réduire artificiellement la surface, d'édifier des murailles autour de nous, comme si ces corps étrangers eussent dû nous protéger des intrus. Il me semblait doubler ma peau, glisser une pellicule de corne entre leurs flèches et la pauvre cible qu'ils visaient.

Cette nuit-là fut sereine. Nous avons dormi loin l'un de l'autre, Louise près de la cheminée et moi sur mon manteau, dans l'angle nord-nord-ouest, à l'écart des fenêtres. Lorsque je me suis éveillé, peu après l'aube, le hangar m'est apparu empli de formes que je ne connaissais pas, d'ombres bizarres, de volumes non identifiables. J'ai regardé à l'extérieur. Et j'ai vu le panneau de signalisation. Il était planté sur le bord de la route, côté gauche, et annonçait la courbe. Je ne l'avais pas remarqué la veille. J'ai pensé qu'on l'avait placé là au cours de la nuit. Cela m'a paru étrange. Je me suis habillé à la hâte puis je suis sorti. Le panneau était composé d'un long tube gris et d'un triangle neuf. Il ne présentait aucune anomalie. Sauf la plus essentielle : il était là.

J'ai tourné autour de la chose, l'examinant sous tous les angles. Il n'y avait rien à en dire sinon qu'elle était inutile : le virage était suffisamment large pour ne pas nécessiter de signalisation. Et puis on s'en était passé depuis toujours. Pourquoi avoir profité de l'obscurité ou, si je ne l'avais pas vu la veille, de notre séjour à la ville pour creuser la terre et y sceller ce panneau dont la fonction ne consistait évidemment pas à annoncer une courbe visible de très loin? Pourquoi l'avait-on mis là, proche du hangar, alors qu'il eût été si facile de le disposer plus loin, ou plus près, ou nulle part, de l'autre côté de la route, à cent mètres du dépôt de papier, derrière les barbelés — n'importe où mais pas là ?

J'ai pensé, messieurs, que cette chose était votre œuvre. Que vous l'aviez placée là pour une raison bien précise : enregistrer nos propos, filmer nos mouvements, nous surveiller jusque dans le sommeil. Je vous ai imaginés branchant vos machines, en pleine nuit, tandis que nous dormions, roulés dans nos couvertures. Je vous ai vus marcher dans l'ombre, courbés sous le poids de vos instruments, passant au ras de mes fenêtres, jetant même un coup d'œil à l'intérieur avant d'accomplir silencieusement votre besogne. Et la rage m'a pris. J'ai ramassé les pierres qui se trouvaient à mes pieds et les ai balancées sur cet arc de cercle peint en noir dont l'extrémité semblait nous désigner. Si vous aviez été là, face à moi, c'est sur vos visages que j'aurais frappé. L'un de vous m'aurait tenu par-derrière, selon la pratique dont vous avez toujours usé, mais je me serais débattu, j'aurais lancé mes poings en avant, abandonnant sur vos yeux assassins un peu de sang dont s'emplissait ma tête.

Une main s'est posée sur mon épaule. Une main. J'ai senti une poigne enfermer ma clavicule, une paume peser au creux de la nuque. Mon bras s'est trouvé coupé en plein élan. Je l'ai abaissé lentement tout en assurant la pierre entre mes doigts. Je souriais. Je regardais le panneau. Un rire est monté en moi. J'ai pris appui sur ma jambe gauche et me suis retourné, la main brandie, le corps fléchi vers l'arrière. La pierre s'est arrêtée à quelques centimètres seulement du visage de Louise. J'ai poussé un cri. Je l'ai empoignée par la manche de sa chemise et l'ai brutalement secouée. Elle s'est laissé malmener comme une poupée de chiffon. Lorsque je l'ai lâchée, elle est tombée au sol et s'est refermée sur elle-même, les bras noués autour du visage, les mains posées à plat sur ses cheveux. Elle n'a plus bougé. Je l'ai observée avec stupeur, puis j'ai reculé de quelques pas et me suis assis sur la terre, en proie à un frémissement qui m'en rappela un autre, qui me rappela l'horreur qui s'était emparée de moi le jour où, à travers le judas de la porte, j'avais vu Laura semblablement repliée sur elle-même, les jambes soudées au corps, inerte et méconnaissable.

Je me suis approché de Louise. Je lui ai dit que j'aurais pu la tuer avec le caillou. Ma voix tremblait tandis que j'essayais de créer un lien avec cet œil fixe qui observait sans voir, béant entre les doigts écartés, semblable à l'objectif d'un télescope braqué sur le vide. Je me suis approché encore et, comme je la touchais, elle s'est brusquement contractée. Elle eut un petit hoquet. Elle était pieds nus. Elle portait la robe de toile légère qu'elle revêtait chaque soir, pour la nuit. Je voyais sa peau à travers le tissu, la marque nette de ses vertèbres, la rondeur d'un sein. Elle paraissait minuscule ainsi lovée sur elle-même. Mais son regard dégageait une force saisissante.

Je me suis penché, j'ai glissé une main sous elle et l'ai soulevée. Je l'ai prise contre moi et nous sommes revenus vers le hangar. J'ai refermé la porte, puis j'ai bercé Louise, murmurant une longue psalmodie qui l'a apaisée. Lorsqu'elle s'est endormie, je l'ai allongée sur le matelas. Le panneau m'est apparu, à travers la fenêtre. J'ai juré par-devers moi que je détruirais cette chose, le doigt de ces messieurs tendu sur nos tristes innocences. J'ai décroché mon manteau. Je l'ai fixé à un clou au-dessus de la fenêtre en sorte qu'il me dissimulât l'entrée du virage et ce triangle voyeur. Plus tard, après que Louise se fut réveillée, je suis allé au dépôt de papier. J'ai volé un rouleau de Kraft beige entreposé parmi d'autres sous un auvent. Je l'ai ramené chez moi, j'ai découpé une longue feuille que j'ai appliquée sur la vitre, côté est, entre le panneau et le centre du hangar. Ainsi me suis-je protégé de leurs investigations — du moins ai-je cru qu'il s'agissait de cela, jusqu'au moment où j'ai su, par eux-mêmes et non par d'autres, que ce panneau ne recelait aucun mécanisme particulier, ne répondait à aucune autre fonction que celle pour laquelle on l'avait dessiné. Il avait été placé là par les Ponts et Chaussées alors que nous étions à la ville. Je l'ignorais alors, même si je ne me trompais pas sur l'essentiel. J'allais à grands pas vers un gouffre dont je ne percevais rien, poussé par une poigne invisible qui m'y conduisait, heure après heure, inéluctablement. Le seul aveu que je puisse faire réside dans cette fatalité à laquelle je m'étais résigné désormais, une fatalité sans forme et sans visage qu'éclairerait bientôt un événement qui n'apparaissait pas.

Le matin du trentième jour, la voiture s'est présentée sur la route, côté ville. Il était six heures. J'avais quitté le hangar sans intention particulière. Pisser, peut-être. Ou respirer l'air du petit matin. Cela est sans importance. J'ai regardé vers la droite puis vers la gauche. Lorsque je l'ai vue, elle roulait au pas, trois cents mètres plus loin. J'ai traversé la bordure et me suis posté sur la route, bien au milieu. J'ai posé mes mains sur mes hanches et j'ai attendu. La voiture a ralenti avant de s'immobiliser. J'étais trop loin pour distinguer ses occupants. Je ne voyais que deux phares, un capot et un pare-brise. Pourtant, nous étions face à face. Ces messieurs et moi-même. Campés sur des positions incertaines, de part et d'autre d'une ligne imaginaire dont le panneau constituait l'abscisse et le tracé des champs une ordonnée imprécise.

J'ai fait quelques pas. L'auto n'a pas bougé. J'ai avancé encore. Je n'avais aucun dessein. Je ne sais quelle expression affichait mon visage, mais certainement ni peur ni violence. J'étais au-delà de tout cela. J'allais vers cette voiture dans une sorte d'hypnose comparable à celle qui s'était emparée de moi le jour où, sous d'autres latitudes, j'avais réglé l'œilleton de mon télescope sur la plus belle des étoiles circumpolaires, celle dont j'avais décidé qu'elle me consacrerait à mes propres yeux comme l'astronome que je voulais devenir : la Croix du Sud. De même que, quinze ans auparavant, je m'étais approché de la fabuleuse constellation avec le sentiment qu'une fois levé le voile de particules lumineuses qui se précisait dans ma lunette je serais enfin justifié au regard de ma propre conscience, de même ce matin-là, je rejoignais la voiture comme si j'avais dû trouver en elle le complément indispensable de ce que j'étais devenu. Et lorsque, cent mètres devant, elle a commencé de reculer, j'ai tendu les mains vers elle, je l'ai suppliée à voix basse de stopper là et de m'attendre. J'ai dit : « Je n'ai rien fait ! Elle n'a rien fait ! » Et j'ai répété ces mots, je les ai hurlés tout en hâtant le pas : « Je n'ai rien fait ! Je n'ai rien fait ! Je n'ai rien fait !... »

L'auto a viré en marche arrière, le cul au centre de la courbe. Elle est restée là une fraction de seconde puis elle est repartie dans l'autre sens.

Je suis revenu sur mes pas, en proie à cette terrible désolation qui, dix jours et onze nuits plus tard, devait déboucher sur l'Acte. Nous y sommes, messieurs.

La mort a posé son doigt sur nous avec la délicatesse des ombres. Elle s'est installée dans nos murs avant de nous désigner. L'inquiétude des premiers temps, le sentiment du danger qu'elle avait fait naître se transformèrent peu à peu en une résignation qui, pour fatale qu'elle fût, avait au moins un visage. Nous ne pensions pas encore que la présence de ces messieurs signifiait la mort, mais la mort n'était pas étrangère à leur présence. Elle la figurait. Elle seule pourrait vaincre l'absurde qui nous emprisonnait. Ici résidait le sens profond de la menace.

Je déracinai le panneau par une nuit sans lune. Louise m'aida à le transporter jusqu'au hangar. Nous le désossâmes sans y découvrir la moindre trace d'électronique. Il resta une journée appuyé contre un des piliers du fond, puis je le déposai dans la fosse, face contre terre, avant de l'emporter dans la forêt : nous ne supportions pas de le savoir enfermé dans le lieu qui nous abritait.

Vers le trente-cinquième jour, vinrent les superstitions imbéciles. Nous avions chacun les nôtres. Elles constituaient les signes des bonnes ou des mauvaises nouvelles, des bonnes ou des mauvaises journées, des bons ou des mauvais destins.

Le matin, je cherchais Vénus, à l'est, au-dessus de l'horizon ; lorsque je ne la voyais pas, j'attendais le soir avec angoisse, le regard fixé vers l'ouest où elle apparaissait si les augures m'étaient favorables, où rien ne se présentait si l'avenir était noir. L'étoile verte de la Balance confirmait ou infirmait selon qu'elle était visible ou non. Les nuits de grand désarroi, je me relevais pour observer Arcturus, brillante et orangée, ou le chapelet du Dragon, autour de la Grande Ourse.

J'avais d'autres repères, dont certains trop intimes pour que je les dévoile ici. Il suffit de savoir que plus les jours passaient, plus je me créais de signes que je rassemblais autour de moi comme autant de béquilles sur lesquelles je prenais appui. J'avais besoin de cela. Ma vie était totalement occupée à ces jeux qui avaient valeur de lois et de présages. Je voyais ou je ne voyais pas, je comptais bien ou je comptais mal, j'entendais ou je n'entendais pas, je retenais mon souffle ou j'en étais incapable, je marchais sur l'arête d'une pierre ou je l'évitais... Tout était ainsi. Un rien modulait mon humeur. Les nuages dissimulaient-ils l'Étoile du Berger qu'une chape pesait sur mes épaules, m'empêchant de lever le regard pour considérer avec sérénité les jours et les nuits qui viendraient et dont, imaginais-je, un sort quelconque m'avait exclu. Si, au contraire, j'avais correctement estimé le nombre de pas qui me conduisaient d'une extrémité à l'autre du hangar, du pilier nord-est au pilier sud-ouest, de la porte à la fosse, alors une joie timide s'emparait de moi, quelques secondes de rémission pendant lesquelles mon corps et mon esprit se détendaient. Bien entendu, ces exercices tournaient la plupart du temps à mon avantage : je prenais soin d'en édicter les règles en sorte qu'elles me fussent favorables, trichant sans vergogne afin de transformer le pari en exorcisme.

Louise apprivoisait ses tourments d'une autre manière. Elle restait assise au même endroit, sans bouger, m'observant avec une froide impassibilité. Sous son regard, je me démenais plus que nécessaire : en l'aidant à s'échapper de son propre univers, j'avais le sentiment de faire du bien pour deux. En quoi je me trompais. Louise puisait les forces de sa résistance dans une absolue inertie. Je compris cela le jour où, enfin, elle me révéla le mystère de sa main, le secret le plus intime de sa personne.

Je le dévoilerai par égard pour elle, afin qu'ils ne se méprennent pas sur les circonstances qui la conduisirent, à l'aube du dernier jour, à me demander comme une faveur nécessaire d'accomplir l'Acte auquel, grâce à ces messieurs, nous étions destinés.

Je ne supportais pas le mouvement de sa main. Elle la faisait sans cesse aller et venir, la paume bien à plat sur le sol. Elle accomplissait ce geste sans se soucier de savoir s'il me gênait, comme si, l'acceptant elle, je devais aussi consentir à tous ses caprices, à toutes ses fantaisies. Ce va-et-vient était comme une scansion de nos angoisses. Un soir, je l'ai priée de cesser. Je l'avais observée pendant plusieurs heures, m'efforçant de calmer une nervosité croissante. Je me suis finalement levé, et j'ai parlé avec une rudesse dont je ne suis pas coutumier. Mes paroles m'emportèrent vers des hauteurs que ne méritaient ni sa main ni son geste — et elle moins que tout. Mais je ne pouvais me retenir. Lorsque je me tus, Louise retourna lentement sa main, elle la leva, doigts écartés, elle me la montra, elle dit :

« Regardez la ligne de vie. »

La ligne de vie apparaissait au milieu d'éraflures et de blessures légères. Elle n'atteignait pas le milieu de la paume. Louise devait mourir avant trente ans. Elle dit qu'elle le savait, qu'elle l'avait toujours su. Que c'était pour briser cette fatalité qu'elle avait tenté de se supprimer, à seize ans d'abord, puis à vingt, et, une fois encore, quelques semaines avant d'entrer à Maison rouge. Elle dit que rien ni personne n'avait pu la soustraire à ce mouvement de conjuration, cette lente érosion par laquelle elle tentait depuis toujours d'effacer de sa peau le tampon de l'agonie. C'était cela qui l'avait rendue malade, et pour cela qu'on l'avait enfermée. Elle n'y pouvait rien. Je ne devais pas l'obliger à faire ce que personne n'avait obtenu d'elle. Elle était saignée par sa ligne de vie. La raison n'avait aucune prise sur cette marque du destin. Je pouvais comprendre mais pas empêcher.

Je me suis assis auprès d'elle, et j'ai pris sa main entre les miennes. J'avais envie de la porter à mes lèvres, mais je ne l'ai pas fait. J'avais envie de serrer la jeune fille contre moi, de la bercer entre mes bras, mais je ne l'ai pas fait. Je suis resté à son côté, le visage tourné vers elle, qui souriait imperceptiblement en regardant droit devant elle. Une veine palpitait à sa tempe. Elle dit que lorsqu'elle était petite, elle frottait déjà sa paume contre les coussins, les fauteuils, le tissu de ses robes et de ses pantalons. Elle le faisait en cachette de ses parents, le père ne supportant pas de voir son enfant s'abandonner à des frayeurs de fille, la mère se ralliant au père, sur ce chapitre comme sur les autres. Elle dit qu'à quinze ans elle avait montré sa main à une gitane qui la lui avait rendue en s'excusant de ne pouvoir lui dire la bonne aventure. Depuis, elle n'avait cessé d'examiner sa ligne de vie, évaluant la durée de son existence à l'aide d'une règle d'écolière. Les autres vivraient treize centimètres, elle les quitterait à six. Six centimètres, ça faisait trente ans au mieux, vingt ans au pire. Elle avait grandi sous cette toise terrifiante, promenant son regard des éphémérides au sillon tronqué qui lui rongeait l'âme. Elle dit que dès l'âge de quinze ans elle s'était habituée à voir ses petits bonheurs se briser sur ce filin invisible tendu en travers de sa vie. Elle imaginait autrui parlant d'elle au passé. Ses quelques amies se souviendraient, ses amants penseraient à elle avec du vague à l'âme, elle serait morte, elle ne parlerait plus. Elle dit qu'elle s'était efforcée de croire que mourir n'avait pas d'importance, que le sort exceptionnel dont elle avait rêvé pour elle-même s'accomplirait ainsi dans une disparition précoce. Mais elle manquait de courage et refusait d'admettre qu'elle ne serait plus là pour mesurer la qualité de ce destin. Elle voulait vivre.

Maison rouge la perdit. Maison rouge était comme la mort. Les paroles entendues, les odeurs, les objets, tout était vide et néant. Elle dit que dans la pièce contiguë à la sienne était enfermé un pauvre fou qui hurlait, soit qu'il parlât, soit qu'il chantât, à toute heure du jour et de la nuit. Il disait : « Promenade, promenade », « Directeur assassin », « La ballade des pendus »... Lorsqu'il ne hurlait plus, il produisait un bruit étrange qu'elle finit par identifier. Dans la chambre où elle était enfermée, au-dessus du lit, il y avait un piton fiché dans le mur et, au bout de ce piton, une chaîne à l'extrémité de laquelle était fixé un crochet. Elle avait imaginé que sur tous les murs de Maison rouge il y avait cette marque blanche de l'ennui et du désespoir, figuration de la mort. En faisant tourner le crochet et sa chaîne autour du piton, on gravait une empreinte dans le mur. C'était la circonférence du cercle. Louise dit que son voisin faisait tourner le crochet autour du piton, dessinant sur son mur la même circonférence qui se trouvait sur le sien. Elle dit qu'elle s'était fait le serment de ne pas toucher à la chaîne et au piton, nœud de toutes les confluences. Elle les observait depuis le matelas, réglant sa course fantomatique sur le geste qu'accomplissait le fou, à côté. Elle dit que, lorsque ses doigts s'y portaient, elle baissait le regard, tournait sa paume vers son visage et observait sa ligne de vie. Le passé étant douloureux, l'avenir incertain et le présent aussi vain que ce cercle qu'on ne pouvait ouvrir, elle se replia sur l'ultime résidu qu'on lui avait abandonné : la raison qui l'avait amenée là, entre les murs du lieu innommable. Elle enferma son esprit dans le strict cadre de sa vieille obsession, y puisant l'abrutissement nécessaire à l'oubli. Elle dit qu'elle combattit la mort et Maison rouge en frottant sa main sur le sol, ce geste lui prouvant à elle-même qu'elle était encore en vie puisqu'elle savait l'accomplir. Elle était entrée dans sa peur, elle s'était laissé ensevelir, habiter par elle. Elle n'avait su opposer que ses plaies les plus intimes à l'univers brisé de Maison rouge. Elle y avait puisé le confort des choses reconnues et encore en sa possession, les seules qui fussent assez tangibles pour qu'elle s'y appuyât. Elle dit que lorsque la peur s'emparait d'elle, lorsqu'elle reconnaissait l'odeur de la mort, elle demeurait immobile pour mieux l'attendre, et sa paume, alors, labourait en silence le champ qui les séparait.

Nous sommes restés longtemps assis côte à côte, sa main dans la mienne, sans plus parler. Le soir venu, je me suis levé et j'ai gagné la forêt. J'ai retrouvé le panneau indicateur que j'avais dissimulé sous des feuilles. Je l'ai ramené jusqu'au virage, je l'ai planté là où je l'avais arraché, j'ai tourné le triangle en direction de nos fenêtres puis, à l'intérieur du hangar, j'ai défait le papier Kraft qui le dissimulait à notre vue. J'ai installé la couche de Louise face au panneau et je lui ai demandé de le regarder, de le regarder le matin au réveil et le soir au coucher, sans cesse, afin qu'il s'empare de ses paniques et l'ôte à la mort.

Je suis resté auprès d'elle jusqu'à ce qu'elle s'endorme, puis je me suis installé au fond du hangar, à une place où nul ne pouvait me voir de la route. Je pensais que cette nuit-là serait semblable aux nuits précédentes, ni plus rassurante, ni moins exceptionnelle. Mais elle n'a pas d'égale parmi celles qui la précédèrent. Cette nuit-là, qui fut la trente-sixième ou la trente-septième, Louise me rejoignit sur mon manteau, angle nord-nord-est, entre la mer des Humeurs et l'océan des Tempêtes.

Je me souviens. Il y eut un bruit dans la nuit, vers deux heures, trois peut-être. Je dormais, allongé sur le dos. J'ai ouvert les yeux. Je n'ai pas bougé. Le bruit m'avait tiré de mon sommeil. C'était une sorte de froissement dont je n'avais perçu que le dernier murmure. Il m'en restait comme une empreinte abstraite que je ne savais me remémorer. Dehors, le ciel était noir, sans lune. Un suaire d'ombre, étanche comme une peau. Je ne voyais pas au-delà d'un mètre. Peut-être avais-je été effleuré par l'ultime souffle d'un rêve.

J'ai attendu, en appui sur mes coudes. Il m'a semblé que tous les soupirs de la nuit, le frémissement du cèdre, un chien aboyant plus loin, enflaient jusqu'à devenir une rumeur tamisée par les piliers du hangar. Mais, au-delà de ces bruits ordinaires, il y eut de nouveau comme un décrochement, une dissonance mystérieuse et inexplicable qui me fit songer que je n'avais pas rêvé, qu'un phénomène inhabituel se produisait au-dehors, peut-être même à l'intérieur de mes murs.

J'ai pivoté sur moi-même et ai commencé de ramper sur les avant-bras en direction des fenêtres. Je m'efforçais de maintenir mon ventre collé à la pierre afin de demeurer soudé à elle, invisible. Je m'arrêtais tous les trois mètres, les sens en alerte, prêt à glisser vers l'est ou l'ouest, là où le bruit me surprendrait. Je suis parvenu ainsi au milieu du hangar. Une main s'est posée sur mon dos. Une bouche s'est collée à mon oreille. Louise a murmuré :

« Ils sont là. »

Sa voix était plus rauque que d'habitude. Plus violente, aussi. Et sa main appuyait sur mon dos, les ongles griffant la chemise, la peau.

« Devant la maison... Depuis une heure. »

J'ai continué de progresser à plat ventre. Louise s'est accrochée à mes jambes. Je l'ai tirée sur quelques mètres puis elle est remontée à ma hauteur et nous avons rampé ensemble jusqu'aux fenêtres. Lorsque je me suis arrêté, elle m'a saisi le bras, ses doigts se sont enfoncés dans la chair, j'ai relevé la tête, il y avait un homme devant nous, derrière la vitre, debout, le visage collé à la paroi. Je le voyais par en dessous, du moins sa silhouette dans la nuit. Lui-même ne nous distinguait pas, cherchant plus haut, dans les recoins éloignés.

Louise a poussé un cri très bas, presque une plainte. Elle s'est agrippée à moi des bras et des jambes. Sa force était telle que je n'ai pu me défaire d'elle. Je me suis relevé. L'homme avait disparu. Louise me tirait vers le bas. Elle m'a supplié de rester couché sur la pierre, au ras des fenêtres. Elle a pesé de tout son poids et je suis tombé. Ma joue a heurté l'arête d'un caillou. Nous avons roulé au sol.

« Il faut les voir venir, a-t-elle dit. Il faut les voir venir... »

Elle s'est traînée sur les coudes vers le fond du hangar et je l'ai suivie, m'écorchant les genoux sur les aspérités du ciment. Elle m'attendait sur le manteau.

Elle a dit que nous ne devions pas bouger, seulement observer en direction du terrain vague et les empêcher d'entrer. Elle parlait à voix basse, très vite, inspirant fortement dans les silences. Sa main allait et venait sur la doublure du manteau, touchant ma cuisse, et son corps était parcouru d'un frisson spasmodique. Elle claquait des dents.

Je me suis allongé sur le dos, le regard fixé devant moi. Je savais que l'homme ne reviendrait pas cette nuit-là. Il s'était laissé surprendre. Pendant quelques jours, il se ferait oublier. J'ai dit cela à Louise. Elle eut un rire grave et silencieux. Puis sa main vint sur mon ventre, elle ouvrit ma chemise, et je la pris contre moi, la serrant à l'étouffer. Je voulais qu'elle cesse de bouger. Elle m'embrassa dans un déchirement. Son visage oscillait d'un côté puis de l'autre, et le mien suivait, maintenu entre ses doigts. Elle m'entraîna dans un mouvement syncopé auquel je ne résistai pas, m'abandonnant peu à peu à cette impétuosité qui me fit songer à une conjuration, celle-là même dont elle avait parlé à propos du sommeil. Elle se berçait en moi. Elle n'était plus l'enfant abandonnée prisonnière de Maison rouge mais une amante bouleversée qui se mettait nue pour qu'on la déshabillât de ses tourments.

Elle dit que je devais venir aussitôt, n'importe comment pourvu que ce fût fait, elle me souleva, me bascula au-dessus d'elle, ses jambes s'ouvrirent, elle m'emprisonna, elle dit : « Tu vas me baiser », et elle pleurait je crois, ses mains allaient sur mon dos, elle balançait toujours son visage mais moins vite, avec plus de calme, comme si déjà la frayeur avait changé de nature. Je l'ai prise sans violence, avec un désir fou, et elle bougeait dans l'ombre, je ne la voyais pas, elle disait qu'elle voulait que je garde sa main, elle serra mes doigts, elle dit que ce serait ainsi jusqu'à la fin, qu'elle resterait en moi, elle n'avait plus peur.

Le lendemain, je suis sorti pour l'avant-dernière fois. J'ai volé plusieurs rouleaux de Kraft derrière le dépôt de papier. J'ai recouvert tout l'espace vitré ouvrant sur la route, laissant çà et là quelques meurtrières nous permettant d'observer le terrain vague. Cette tâche m'a occupé la journée entière. Louise ne m'a pas aidé. Elle est restée assise dans l'encoignure nord-nord-est, griffant inlassablement le sol de sa main droite. Nous n'avons pas échangé une parole. Lorsque j'eus fini, je me suis retourné vers elle pour recueillir son approbation. Le regard levé, elle contemplait les poutrelles métalliques du hangar. Celui-ci m'apparut entre ses pans blanchâtres froissés par l'ombre finissante. Murs et piliers s'élançaient vers le plafond pour disparaître dans d'obscures nuées, six mètres au-dessus du sol. Les pierres que j'avais disposées ici et là faisaient songer à des récifs affleurant à marée basse. Les fenêtres n'existaient plus. Mon hangar était triste. Pour la première fois, je le découvris comme sans doute le voyait Louise : une surface désaffectée. Un dépôt. Je pensai que j'étais sa caisse, son unique objet. Il était emboîté à moi comme je le suis à ces messieurs, selon l'absurde nécessité des contenants qui n'ont plus lieu d'être lorsque les contenus ont disparu et qui, plutôt que de se fondre dans le néant, créent leurs propres proies pour s'offrir à eux-mêmes le mérite d'exister. Si je dois mourir, ai-je pensé de manière prémonitoire ce soir-là, le hangar ne me survivra pas. Nous disparaîtrons l'un et l'autre, lui avec ses pierres, moi avec ma peau, et nous ne serons plus rien pour personne puisque lui seul savait qui j'étais et que nul ne l'occupait mieux que moi. Je me suis dit que si j'étais resté là, au sein de cet espace vide, c'était aussi pour éloigner encore le spectre de la disparition, comme un homme s'agrippe aux racines afin de résister aux sables mouvants qui lentement se referment sur lui. Aujourd'hui, je sais que lorsque je quitterai cette pièce et cette chaise, lorsque mon hangar se sera consumé sur cette terre, nous ne serons plus que ruine et poussière, invisibles, effacés à jamais. Pardonnez-moi.

J'ai écarté l'écharpe noire de mon visage. Son parfum ne recouvrait plus l'odeur infecte. Je l'ai reposée sur mes genoux et, pour la première fois depuis que je suis entré dans cette pièce, j'ai posé la question que sans doute ils attendaient : Pourquoi ? Pourquoi nous ?

Celui qui se trouve en face de moi, derrière le bureau, a hoché la tête en direction de son collègue. Ce dernier a esquissé une grimace puis m'a prié de poursuivre et de ne pas me soucier d'eux. Je les ai observés pendant quelques secondes.

« Vous êtes gênés », ai-je dit.

Ils n'ont pas répondu.

J'ai porté l'écharpe à mon visage puis, m'étant tourné vers l'homme de droite, je lui ai demandé d'ouvrir la fenêtre. Il m'a observé sans bouger.

« La fenêtre, ai-je répété. A cause de votre parfum… »

Il s'est exécuté. Après qu'il eut repris sa place, j'ai dit que l'odeur était entrée en moi la nuit où je l'avais respirée pour la première fois. Et que toujours elle resterait associée à la menace puis à l'horreur. Ma vie durant, ai-je ajouté, je ne cesserai d'avoir le cœur mordu lorsque j'en sentirai les effluves. Ainsi en fut-il dans l'épicerie, ainsi en sera-t-il ailleurs, dans tous les lieux où je croupirai désormais. Cette odeur est comme une braise. Le moindre souffle la porte à incandescence. Le nez, ai-je dit, reconnaît plus vite encore que l'œil. L'émotion née du regard peut être infirmée ou confirmée : il suffit de voir à nouveau. L'odorat impose et enferme. Il saisit. Il produit un effet immédiat, quasi automatique, qui renvoie aussitôt aux souvenirs et à l'histoire. Ceux-ci basculent alors au premier plan, en un flou d'impressions et de sensations qu'il est impossible de circonvenir. L'odorat est semblable au goût : il porte en lui toutes les radicelles de la mémoire. Cela du moins ils me l'auront appris.

Et ils m'auront aussi appris à ne plus observer qu'à travers le spectre déformant de leur double personne. Depuis longtemps, rien ne m'importe sinon eux-mêmes. Pourtant, je ne les regarde plus comme au début. Au début, lorsqu'ils m'ont fait asseoir sur cette chaise et dans cette pièce, je voulais tout saisir d'eux. Je les ai dévisagés puis écoutés avec une attention folle. Enfin, je les voyais. La confrontation avait lieu. Je me suis attaché à leurs gestes, à leurs expressions, à leurs manières. Peu à peu, ils ont perdu leur caractère inaccessible. Ils sont devenus des hommes. Ils ne m'impressionnent plus. Cela ne durera pas. Lorsque nous serons séparés, ils grandiront peu à peu dans ma mémoire jusqu'à atteindre la dimension des origines. Toujours, ils me hanteront. Même l'instant présent, pourtant vidé des tensions d'hier, m'apparaîtra comme m'apparaîtront les jours et les nuits passés avec Louise : un théâtre d'ombres chinoises gesticulant sans fin sur le tissu de ma conscience. Alors, la somme de réflexes qui m'habite aujourd'hui se transformera, si le recul me le permet, en une myriade de traces indélébiles qu'il faudra tenir pour ce qu'elles sont : des séquelles. Le parfum poivré et nauséeux sera la plus douloureuse.

Ils doivent savoir que ce sont précisément ces réflexes qui m'ont conduit au pire. A la fin, je n'étais plus moi-même. Je n'avais plus de territoire. Le hangar ne m'abritait plus. Ils m'y avaient enfermé sans même avoir tourné la clé. Ils m'ont contraint à les attendre là, tapi sur mes déserts.

Se représentent-ils les derniers jours de notre vie ? De l'extérieur, ils ne voyaient rien. Des vitres rendues opaques par des feuilles de papier Kraft tendues entre eux et nous. Quelques meurtrières nous permettaient d'observer le terrain vague où, hasard sans doute, ils ne se montraient plus. Nous campions près des pierres du fond, n'approchant des façades que pour surveiller au-delà de la route. Nous passions nos journées et nos nuits à attendre. Nous ne parlions pas. Le temps se dérobait. Je le sentais s'affaiser sous moi et j'étais incapable d'endiguer cette déliquescence qu'une parole eût brisée, une curiosité, quelque chose de gratuit, d'anodin. Mais nous ne pouvions plus bouger hors du filet au sein duquel nos têtes étaient prises. Nous ne tentions même plus d'y échapper. Le seul langage qui nous restait était celui du corps. Nous allions éperdument l'un au-devant de l'autre, elle sous moi et moi la recouvrant, toujours ainsi car c'était cela qu'elle voulait, être maintenue, céder à une force qu'elle provoquait et contrôlait, un exorcisme nécessaire auquel je me prêtais quand je ne le demandais pas moi-même. Nous le faisions sans fantaisie, avec une grande violence parfois, et je tenais sa main enfermée dans la mienne pour qu'elle ne laboure pas la pierre tandis que j'étais en elle, pour qu'elle s'abandonne sans mourir à cette tension qui ne nous quittait pas, jamais, ni avant, ni pendant.

Nous dormions d'un sommeil lourd, enfermés l'un en l'autre, son visage contre mon torse et ses bras noués autour de mon dos, couchés sur le matelas, ma peau collée à la sienne, ses doigts sur mes oreilles et les miens sur ses yeux, ensemble et semblables sous le regard de ces messieurs.

Nous glissions lentement vers le dernier jour. Il y avait des bruits, des mouvements, des ruptures infinitésimales alentour. Rien, sans doute. La balançoire du temps. Mais pour nous, chaque battement d'aile avait un sens. Nous ne pouvions l'interpréter, moins encore lutter contre, seulement nous protéger. Nous parlions à voix très basse, autant pour n'être entendus de personne que pour ne pas nous effrayer nous-mêmes. La cheminée ne fonctionnait plus, faute de bois, et aussi parce que nous ne songions pas à faire du feu, non plus d'ailleurs qu'à accomplir toute tâche qui n'eût pas un aspect organique ou obligatoire. Accroupis au fond du hangar, parfois serrés l'un contre l'autre sur le matelas, nous étions semblables à des bêtes prisonnières du chasseur, occupés seulement à guetter son pas pour le regarder en face lorsqu'il assènerait le coup de grâce. Nous nous déplacions courbés, allant des ouvertures pratiquées dans le papier Kraft jusqu'au coin nord-ouest, près du réchaud à gaz, ou encore jusqu'à l'angle nord-ouest-est, où nous nous sentions plus en sécurité qu'ailleurs.

Le trente-huitième jour, Louise quitta le mur du fond pour se réfugier dans la fosse où elle retrouva l'espace clos de Maison rouge. Elle resta là jusqu'à la fin. Je ne sais s'ils l'ont vue alors. Sa main droite griffaît la pierre, interminablement. Elle demeurait prostrée, le visage incliné sur ses jambes, et elle ne me parlait plus. Lorsque je m'approchais, elle secouait la tête douloureusement, yeux clos. Parfois, elle portait son écharpe noire à ses yeux puis la tendait devant elle, tirant sur le tissu de ses poings fermés. Je m'écartais, sachant bien que le cercle dont elle avait parlé naguère s'était refermé sur nous : je n'étais plus que l'appendice de la voiture blanche, la représentation de ses frayeurs. L'impasse était définitive. Au-delà de ce terme, nous devions nous séparer. S'ils ne nous avaient pas étranglés comme ils l'ont fait, Louise eût certainement quitté le hangar. Je l'aurais laissée partir. Elle resta parce que à l'extérieur, c'était pire encore. La fuite ne nous était plus permise.

Les derniers jours furent atroces. Elle ne bougeait plus, repliée sur elle-même dans ce trou de trois mètres sur quatre, les jambes ramenées sous elle, ne cessant plus de râper sa ligne de vie sur la pierre et le ciment. Que pouvais-je faire ? Elle ne m'écoutait pas. Mes chuchotements même lui étaient odieux : elle geignait et plongeait son visage entre ses bras sitôt que je m'adressais à elle. Je lui apportais des plats auxquels elle ne touchait pas. Je les déposais au bord de la fosse, parfois plus loin pour qu'elle fût obligée de quitter cet odieux sépulcre. Mais elle demeurait là, enfermée. Je retournais dans mon coin, et de là aux meurtrières, et des meurtrières à mon coin, et ainsi, ainsi pendant les quelques heures qui nous séparaient encore de la fin.

Vint le dernier jour. J'irai vite. Qu'ils notent tout : je ne me répéterai pas. Et que toujours ils se souviennent que si je suis l'acte, ils sont le mobile.

Le dernier jour.

Ils sont venus dans la nuit. Je ne les ai pas entendus approcher. Un éclair lumineux m'a éveillé. Et aussitôt après, il y eut un hurlement déchirant. Je me suis levé et j'ai couru vers la fosse. J'étais nu. Louise s'est jetée dans mes bras. Elle criait. Elle disait qu'il y avait eu une lumière comme à Maison rouge. La même lumière. Celle qui l'éveillait chaque matin. Elle tremblait et parlait par bribes. Elle collait sa bouche à la mienne et répétait qu'il y avait eu une lumière, une lumière, et elle m'entraînait à reculons vers le fond du hangar sans quitter la façade des yeux. Je me suis baissé pour prendre mes vêtements. Un éclair a jailli d'un des interstices. Puis un autre et un autre et un autre. Louise a hurlé encore. Elle s'est enfuie vers la gauche. Je me suis habillé fébrilement. A mon tour, j'ai crié. Puis je me suis précipité vers la porte, je l'ai ouverte, j'ai appelé dans la nuit. Une vitre s'est brisée derrière moi. J'ai franchi la route et ai dévalé le terrain vague. Personne ne s'est montré. J'ai appelé de nouveau. Je suis remonté en courant vers le hangar. Louise était à l'intérieur. Elle avait cassé un carreau et se tenait au-dessus du verre, main tendue. Elle m'a demandé de ne pas approcher. Elle a dit :

« Restez où vous êtes, la lumière n'est pas pour vous. »

Sa voix était terriblement nette. J'ai fait un pas en avant. La lune a crevé les nuages. Et j'ai vu. Louise se tailladait la paume sur la fenêtre brisée. Elle la faisait aller et venir sur l'arête du verre, lentement, remontant jusqu'au poignet. Elle se coupait la main. Je me suis avancé et l'ai empoignée par le coude. Nous sommes tombés. Elle m'a serré contre elle, promenant sa paume sur mon visage. Puis elle n'a plus bougé. Elle pleurait. Elle a dit qu'elle n'avait plus de ligne de vie. Qu'il fallait bien que la menace eût un objet, et que cet objet nous allions l'offrir aux bourreaux. Que nous ne pouvions faire autrement. Elle a dit qu'elle allait mourir. Elle a dit qu'elle ne vivrait pas au-delà de cette nuit. Elle a dit que je devais l'aider. Elle a supplié : « Ne me laisse pas ainsi. » Et c'est elle, messieurs, qui, alors qu'elle me glissait les pans de l'écharpe noire entre les mains, a dit que j'étais l'acte et vous le mobile, moi son amant et vous les assassins. Elle a répété cela, assassins, assassins, et elle me caressait le visage de ses mains ensanglantées, assassins, et je serrais l'écharpe autour de son cou, l'étranglant comme elle le demandait, assassins, achevant ce que vous aviez commencé, assassins, assassins, assassins.

Après, je me suis levé, j'ai allumé le butane et mis le feu au papier Kraft. Les flammes ont attaqué mon cercueil de pierre. Je les ai regardées monter le long des fenêtres puis j'ai enfilé mon manteau d'hiver, plus inflammable que ma peau. Et c'est dans cette boîte en feu que vous m'avez découvert, alors que, collé à mes murs, j'attendais de voir tomber mes propres cendres.

J'arrêterai là, messieurs, n'ayant plus rien à ajouter, ne le souhaitant pas, ne le pouvant plus. Que l'homme de droite achève son travail de dactylographe et qu'il me tende ma déposition : je la signerai sans même me relire. Après quoi, je quitterai cette pièce et cette chaise pour me consumer ailleurs, en un lieu où, enfin, nous serons séparés pour toujours.

Je me suis tu. Mes derniers mots s'étaient brisés dans un sanglot. Nous sommes restés muets, immobiles, pendant de longues minutes. Puis l'homme assis face à moi a quitté sa place. Il s'est approché et a pris l'écharpe noire. Il l'a glissée dans un sac en plastique avant de me tendre quelques photographies en me demandant si je reconnaissais la jeune fille. Les clichés nous représentaient, Louise et moi, dans le hangar, sur la route, à la ville. Sur les trois derniers, nous étions agrippés l'un à l'autre, moi, nu, elle, terrorisée, la main coupée. J'ai repoussé les photos sur le bureau. Je ne voulais pas les voir. L'écharpe me manquait, mais je comprenais qu'ils dussent la garder. Le dactylographe a contourné sa table pour me présenter une liasse de feuillets. Je les ai signés. Puis, une nouvelle fois, j'ai demandé pourquoi, pendant quarante jours, ils nous avaient suivis. Ma question est restée en suspens. Elle a fait le tour de la pièce avant de s'abattre sur leurs épaules.

J'ai dit :

« Je n'attends qu'une confirmation. Nous en savons autant les uns que les autres. J'ai tenu l'écharpe, mais c'est vous qui l'avez étranglée. Je suis coupable de la faute que vous avez commise. Ainsi êtes-vous justifiés. »

Cette réalité fera peu à peu son chemin en eux. Alors ils me dévisageront comme si nous étions semblables. Puis ils se déferont de cette complicité trop profonde pour être supportable. Ils me rejetteront à la place qu'ils m'ont attribuée, dans cette pièce et sur cette chaise, et je resterai là, seul, regardant sagement mes horizons d'agonie. Eux, ils tourneront les talons sur leur propre ignominie, puis ils passeront la main et nous ne nous reverrons plus.

« Pourquoi ? ai-je répété. Pourquoi nous ? »

L'un d'eux s'est détourné. L'autre a posé ses coudes sur la table et, à voix très basse, a donné la réponse que j'attendais. Il a dit que c'était seulement une question de hasard. Ils m'avaient vu un jour qu'ils roulaient sur la nationale. Je leur avais semblé bizarre. Il a répété : bizarre.

C'était la seule raison.

Je me suis levé. Ils se sont approchés, l'un à droite, l'autre à gauche. Comme ils me poussaient vers la porte, j'ai aperçu mon visage dans le reflet de la vitre. Je ne m'étais pas vu depuis longtemps. C'est à peine si je me suis reconnu. J'étais plus grand que je ne croyais, très maigre, les joues creuses, le regard lourd, les épaules tombantes. Je paraissais étranger à ce lieu, déplacé en ce monde. J'avais une tête d'inutile.

DU MÊME AUTEUR

Les Calendes grecques
*prix du Premier Roman*
*Calmann-Lévy, 1980*
*Nouvelle édition, Seuil, « Points », n° P675*

Apolline
*Stock, 1982*
*Nouvelle édition, Seuil, « Points », n° P337*

Les Têtes de l'art
*Grasset, 1983*

La Dame du Soir
*Mercure de France, 1984*
*Nouvelle édition, Seuil, « Points », n° P31*

Les Adieux
*Flammarion, 1987*
*Seuil, « Points », n° P472*

La Séparation
*prix Renaudot*
*Seuil, 1991*
*et nouvelle édition, « Points », n° P473*

Le Petit Livre
des instruments de musique
*Nouvelle édition, Seuil, 1993*
*et « Point-Virgule », n° 127*

Une jeune fille
*Seuil, 1994*
*et « Points », n° P210*

Tabac
*Seuil, 1995*
*Mille et une nuits, 1997*

Bohèmes
*Calmann-Lévy, 1998*

Nu couché
*Seuil, 1998*
*et « Points », n° P660*

*En collaboration avec Jean Vautrin*

LES AVENTURES DE BORO,
REPORTER-PHOTOGRAPHE

La Dame de Berlin
*Fayard, 1987*
*Presses Pocket, 1989*

Le Temps des cerises
*Fayard, 1990*
*Presses Pocket, 1992*

Les Noces de Guernica
*Fayard, 1994*
*Presses Pocket, 1996*

Mademoiselle Chat
*Fayard, 1996*
*Presses Pocket, 1998*

IMPRESSION : **BUSSIÈRE CAMEDAN IMPRIMERIES**
À SAINT-AMAND (CHER)
DÉPÔT LÉGAL : SEPTEMBRE 1999. N° 38106 (993363/1)

# Collection Points

DERNIERS TITRES PARUS

P210. Une jeune fille, *par Dan Franck*
P211. Nativités, *par Michèle Gazier*
P212. L'Enlèvement d'Hortense, *par Jacques Roubaud*
P213. Les Secrets de Jeffrey Aspern, *par Henry James*
P214. Annam, *par Christophe Bataille*
P215. Jimi Hendrix. Vie et légende, *par Charles Shaar Murray*
P216. Docile, *par Didier Decoin*
P217. Le Dernier des Justes, *par André Schwarz-Bart*
P218. Aden Arabie, *par Paul Nizan*
P219. Dialogues des Carmélites, *par Georges Bernanos*
P220. Gaston Gallimard, *par Pierre Assouline*
P221. John l'Enfer, *par Didier Decoin*
P222. Trente Mille Jours, *par Maurice Genevoix*
P223. Cent Ans de chanson française
*par Chantal Brunschwig, Jean-Louis Calvet et Jean-Claude Klein*
P224. L'Exil d'Hortense, *par Jacques Roubaud*
P225. La Grande Maison, *par Mohammed Dib*
P226. Une mort en rouge, *par Walter Mosley*
P227. N'en faites pas une histoire, *par Raymond Carver*
P228. Les Quatre Faces d'une histoire, *par John Updike*
P229. Moustiques, *par William Faulkner*
P230. Mortelle, *par Christopher Frank*
P231. Ceux de 14, *par Maurice Genevoix*
P232. Le Baron perché, *par Italo Calvino*
P233. Le Tueur et son ombre, *par Herbert Lieberman*
P234. La Nuit du solstice, *par Herbert Lieberman*
P235. L'Après-Midi bleu, *par William Boyd*
P236. Le Sémaphore d'Alexandrie, *par Robert Solé*
P237. Un nom de torero, *par Luis Sepúlveda*
P238. Halloween, *par Lesley Glaister*
P239. Un bonheur mortel, *par Anne Fine*
P240. Mésalliance, *par Anita Brookner*
P241. Le Vingt-Septième Royaume, *par Alice Thomas Ellis*
P242. Le Sucre et autres récits, *par Antonia S. Byatt*
P243. Le Dernier Tramway, *par Nedim Gürsel*
P244. Une enquête philosophique, *par Philippe Ken*
P245. Un homme peut en cacher un autre, *par Andreu Martín*

P246. A l'ouest d'Allah, *par Gilles Kepel*
P247. Nedjma, *par Kateb Yacine*
P248. Le Prochain sur la liste, *par Dan Greenburg*
P249. Les Chambres de bois, *par Anne Hébert*
P250. La Nuit du décret, *par Michel del Castillo*
P251. Malraux, une vie dans le siècle, *par Jean Lacouture*
P252. Une année en Provence, *par Peter Mayle*
P253. Cap Horn, *par Francisco Coloane*
P254. Eldorado 51, *par Marc Trillard*
P255. Juan sans terre, *par Juan Goytisolo*
P256. La Dynastie des Rothschild, *par Herbert Lottman*
P257. La Trahison des Lumières, *par Jean-Claude Guillebaud*
P258. Je suis vivant et vous êtes morts, *par Emmanuel Carrère*
P259. Minuit passé, *par David Laing Dawson*
P260. Le Guépard, *par Giuseppe Tomasi di Lampedusa*
P261. Remise de peine, *par Patrick Modiano*
P262. L'Honneur perdu de Katharina Blum, *par Heinrich Böll*
P263. Un loup est un loup, *par Michel Folco*
P264. Daddy's Girl, *par Janet Inglis*
P265. Une liaison dangereuse, *par Hella S. Haasse*
P266. Sombre Sentier, *par Dominique Manotti*
P267. Ténèbres sur Jacksonville, *par Brigitte Aubert*
P268. Blackburn, *par Bradley Denton*
P269. La Glace noire, *par Michael Connelly*
P270. La Couette, *par Camille Todd*
P271. Le Petit Mitterrand illustré, *par Plantu*
P272. Le Train vert, *par Herbert Lieberman*
P273. Les Villes invisibles, *par Italo Calvino*
P274. Le Passage, *par Jean Reverzy*
P275. La Couleur du destin, *par Franco Lucentini et Carlo Fruttero*
P276. Gérard Philipe, *par Gérard Bonal*
P277. Petit Dictionnaire pour lutter contre l'extrême droite *par Martine Aubry et Olivier Duhamel*
P278. Le premier amour est toujours le dernier *par Tahar Ben Jelloun*
P279. La Plage noire, *par François Maspero*
P280. Dixie, *par Julien Green*
P281. L'Occasion, *par Juan José Saer*
P282. Le diable t'attend, *par Lawrence Block*
P283. Les cancres n'existent pas, *par Anny Cordié*
P284. Tous les fleuves vont à la mer, *par Elie Wiesel*
P285. Parias, *par Pascal Bruckner*

P286. Le Baiser de la femme-araignée, *par Manuel Puig*
P287. Gargantua, *par François Rabelais*
P288. Pantagruel, *par François Rabelais*
P289. La Cocadrille, *par John Berger*
P290. Senilità, *par Italo Svevo*
P291. Le Bon Vieux et la Belle Enfant, *par Italo Svevo*
P292. Carla's Song, *par Ken Loach*
P293. Hier, *par Agota Kristof*
P294. L'Orgue de Barbarie, *par Bernard Chambaz*
P295. La Jurée, *par George Dawes Green*
P296. Siam, *par Morgan Sportès*
P297. Une saison dans la vie d'Emmanuel, *par Marie-Claire Blais*
P298. Smilla et l'Amour de la neige, *par Peter Høeg*
P299. Mal et Modernité, *suivi de*
Vous avez une tombe au creux des nuages
*par Jorge Semprún*
P300. Vidal et les Siens, *par Edgar Morin*
P301. Dieu et nous seuls pouvons, *par Michel Folco*
P302. La Mulâtresse Solitude, *par André Schwarz-Bart*
P303. Les Lycéens, *par François Dubet*
P304. L'Arbre à soleils, *par Henri Gougaud*
P305. L'Homme à la vie inexplicable, *par Henri Gougaud*
P306. Bélibaste, *par Henri Gougaud*
P307. Joue-moi quelque chose, *par John Berger*
P308. Flamme et Lilas, *par John Berger*
P309. Histoires du Bon Dieu, *par Rainer Maria Rilke*
P310. In extremis *suivi de* La Condition, *par Henri James*
P311. Héros et Tombes, *par Ernesto Sábato*
P312. L'Ange des ténèbres, *par Ernesto Sábato*
P313. Acid Test, *par Tom Wolfe*
P314. Un plat de porc aux bananes vertes
*par Simone et André Schwarz-Bart*
P315. Prends soin de moi, *par Jean-Paul Dubois*
P316. La Puissance des mouches, *par Lydie Salvayre*
P317. Le Tiers Livre, *par François Rabelais*
P318. Le Quart Livre, *par François Rabelais*
P319. Un enfant de la balle, *par John Irving*
P320. A la merci d'un courant violent, *par Henry Roth*
P321. Tony et Susan, *par Austin Wright*
P322. La Foi du charbonnier, *par Marguerite Gentzbittel*
P323. Les Armes de la nuit *et* La Puissance du jour
*par Vercors*
P324. Voltaire le conquérant, *par Pierre Lepape*

P325. Frère François, *par Julien Green*
P326. Manhattan terminus, *par Michel Rio*
P327. En Russie, *par Olivier Rolin*
P328. Tonkinoise…, *par Morgan Sportès*
P329. Peau de lapin, *par Nicolas Kieffer*
P330. Notre jeu, *par John le Carré*
P331. Brésil, *par John Updike*
P332. Fantômes et Cie, *par Robertson Davies*
P333. Sofka, *par Anita Brookner*
P334. Chienne d'année, *par Françoise Giroud*
P335. Nos hommes, *par Denise Bombardier*
P336. Parlez-moi de la France, *par Michel Winock*
P337. Apolline, *par Dan Franck*
P338. Le Lien, *par Patrick Grainville*
P339. Moi, Franco, *par Manuel Vázquez Montalbán*
P340. Ida, *par Gertrude Stein*
P341. Papillon blanc, *par Walter Mosley*
P342. Le Bonheur d'apprendre, *par François de Closets*
P343. Les Écailles du ciel, *par Tierno Monénembo*
P344. Une tempête, *par Aimé Césaire*
P345. Kamouraska, *par Anne Hébert*
P346. La Journée d'un scrutateur, *par Italo Calvino*
P347. Le Tambour, *par Günter Grass*
P348. La Minute nécessaire de monsieur Cyclopède *par Pierre Desproges*
P349. Fort Saganne, *par Louis Gardel*
P350. Un secret sans importance, *par Agnès Desarthe*
P351. Les Millions d'arlequin, *par Bohumil Hrabal*
P352. La Mort du lion, *par Henry James*
P353. Une sage femme, *par Kaye Gibbons*
P354. Dans un jardin anglais, *par Anne Fine*
P355. Les Oiseaux du ciel, *par Alice Thomas Ellis*
P356. L'Ange traqué, *par Robert Crais*
P357. L'Homme symbiotique, *par Joël de Rosnay*
P358. Moha le fou, Moha le sage, *par Tahar Ben Jelloun*
P359. Les Yeux baissés, *par Tahar Ben Jelloun*
P360. L'Arbre d'amour et de sagesse, *par Henri Gougaud*
P361. L'Arbre aux trésors, *par Henri Gougaud*
P362. Le Vertige, *par Evguénia S. Guinzbourg*
P363. Le Ciel de la Kolyma (Le Vertige, II) *par Evguénia S. Guinzbourg*
P364. Les hommes cruels ne courent pas les rues *par Katherine Pancol*

P365. Le Pain nu, *par Mohamed Choukri*
P366. Les Lapins du commandant, *par Nedim Gürsel*
P367. Provence toujours, *par Peter Mayle*
P368. La Promeneuse d'oiseaux, *par Didier Decoin*
P369. Un hiver en Bretagne, *par Michel Le Bris*
P370. L'Héritage Windsmith, *par Thierry Gandillot*
P371. Dolly, *par Anita Brookner*
P372. Autobiographie d'un cheval, *par John Hawkes*
P373. Châteaux de la colère, *par Alessandro Baricco*
P374. L'Amant du volcan, *par Susan Sontag*
P375. Chroniques de la haine ordinaire, *par Pierre Desproges*
P376. La Prière de l'absent, *par Tahar Ben Jelloun*
P377. La Plus Haute des solitudes, *par Tahar Ben Jelloun*
P378. Scarlett, si possible, *par Katherine Pancol*
P379. Journal, *par Jean-René Huguenin*
P380. Le Polygone étoilé, *par Kateb Yacine*
P381. La Chasse au lézard, *par William Boyd*
P382. Texas (tome 1), *par James A. Michener*
P383. Texas (tome 2), *par James A. Michener*
P384. Vivons heureux en attendant la mort, *par Pierre Desproges*
P385. Le Fils de l'ogre, *par Henri Gougaud*
P386. La neige tombait sur les cèdres, *par David Guterson*
P387. Les Seigneurs du thé, *par Hella S. Haasse*
P388. La Fille aux yeux de Botticelli, *par Herbert Lieberman*
P389. Tous les hommes morts, *par Lawrence Block*
P390. La Blonde en béton, *par Michael Connelly*
P391. Palomar, *par Italo Calvino*
P392. Sous le soleil jaguar, *par Italo Calvino*
P393. Félidés, *par Akif Pirinçci*
P394. Trois Heures du matin à New York, *par Herbert Lieberman*
P395. La Maison près du marais, *par Herbert Lieberman*
P396. Le Médecin de Cordoue, *par Herbert Le Porrier*
P397. La Porte de Brandebourg, *par Anita Brookner*
P398. Hôtel du Lac, *par Anita Brookner*
P399. Replay, *par Ken Grimwood*
P400. Chesapeake, *par James A. Michener*
P401. Manuel de savoir-vivre à l'usage des rustres et des malpolis
*par Pierre Desproges*
P402. Le Rêve de Lucy
*par Pierre Pelot et Yves Coppens (dessins de Liberatore)*
P403. Dictionnaire superflu à l'usage de l'élite et des bien nantis
*par Pierre Desproges*
P404. La Mamelouka, *par Robert Solé*

P405. Province, *par Jacques-Pierre Amette*
P406. L'Arbre de vies, *par Bernard Chambaz*
P407. La Vie privée du désert, *par Michel Chaillou*
P408. Trop sensibles, *par Marie Desplechin*
P409. Kennedy et moi, *par Jean-Paul Dubois*
P410. Le Cinquième Livre, *par François Rabelais*
P411. La Petite Amie imaginaire, *par John Irving*
P412. La Vie des insectes, *par Viktor Pelevine*
P413. La Décennie Mitterrand, 3. Les Défis
*par Pierre Favier et Michel Martin-Roland*
P414. La Grimace, *par Heinrich Böll*
P415. La Famille de Pascal Duarte, *par Camilo José Cela*
P416. Cosmicomics, *par Italo Calvino*
P417. Le Chat et la Souris, *par Günter Grass*
P418. Le Turbot, *par Günter Grass*
P419. Les Années de chien, *par Günter Grass*
P420. L'Atelier du peintre, *par Patrick Grainville*
P421. L'Orgie, la Neige, *par Patrick Grainville*
P422. Topkapi, *par Eric Ambler*
P423. Le Nouveau Désordre amoureux
*par Pascal Bruckner et Alain Finkielkraut*
P424. Un homme remarquable, *par Robertson Davies*
P425. Le Maître de chasse, *par Mohammed Dib*
P426. El Guanaco, *par Francisco Coloane*
P427. La Grande Bonace des Antilles, *par Italo Calvino*
P428. L'Écrivain public, *par Tahar Ben Jelloun*
P429. Indépendance, *par Richard Ford*
P430. Les Trafiquants d'armes, *par Eric Ambler*
P431. La Sentinelle du rêve, *par René de Ceccatty*
P432. Tuons et créons, c'est l'heure
*par Lawrence Block*
P433. Textes de scène, *par Pierre Desproges*
P434. François Mitterrand, *par Franz-Olivier Giesbert*
P435. L'Héritage Schirmer, *par Eric Ambler*
P436. Ewald Tragy et autres récits de jeunesse
*par Rainer Maria Rilke*
P437. Histoires pragoises, *par Rainer Maria Rilke*
P438. L'Admiroir, *par Anny Duperey*
P439. Une trop bruyante solitude, *par Bohumil Hrabal*
P440. Temps zéro, *par Italo Calvino*
P441. Le Masque de Dimitrios, *par Eric Ambler*
P442. La Croisière de l'angoisse, *par Eric Ambler*
P443. Milena, *par Margarete Buber-Neumann*

P444. La Compagnie des loups et autres nouvelles
*par Angela Carter*
P445. Tu vois, je n'ai pas oublié
*par Hervé Hamon et Patrick Rotman*
P446. Week-end de chasse à la mère
*par Geneviève Brisac*
P447. Un cercle de famille, *par Michèle Gazier*
P448. Étonne-moi, *par Guillaume Le Touze*
P449. Le Dimanche des réparations, *par Sophie Chérer*
P450. La Suisse, l'Or et les Morts, *par Jean Ziegler*
P451. L'Humanité perdue, *par Alain Finkielkraut*
P452. Abraham de Brooklyn, *par Didier Decoin*
P454. Les Immémoriaux, *par Victor Segalen*
P455. Moi d'abord, *par Katherine Pancol*
P456. Traité du zen et de l'entretien des motocyclettes
*par Robert H. Pirsig*
P457. Un air de famille, *par Michael Ondaatje*
P458. Les Moyens d'en sortir, *par Michel Rocard*
P459. Le Mystère de la crypte ensorcelée, *par Eduardo Mendoza*
P460. Le Labyrinthe aux olives, *par Eduardo Mendoza*
P461. La Vérité sur l'affaire Savolta, *par Eduardo Mendoza*
P462. Les Pieds-bleus, *par Claude Ponti*
P463. Un paysage de cendres, *par Élisabeth Gille*
P464. Un été africain, *par Mohammed Dib*
P465. Un rocher sur l'Hudson, *par Henry Roth*
P466. La Misère du monde, *sous la direction de Pierre Bourdieu*
P467. Les Bourreaux volontaires de Hitler
*par Daniel Jonah Goldhagen*
P468. Casting pour l'enfer, *par Robert Crais*
P469. La Saint-Valentin de l'homme des cavernes
*par George Dawes Green*
P470. Loyola's blues, *par Erik Orsenna*
P472. Les Adieux, *par Dan Franck*
P473. La Séparation, *par Dan Franck*
P474. Ti Jean L'horizon, *par Simone Schwarz-Bart*
P475. Aventures, *par Italo Calvino*
P476. Le Château des destins croisés, *par Italo Calvino*
P477. Capitalisme contre capitalisme, *par Michel Albert*
P478. La Cause des élèves, *par Marguerite Gentzbittel*
P479. Des femmes qui tombent, *par Pierre Desproges*
P480 Le Destin de Nathalie X, *par William Boyd*
P481. Le Dernier Mousse, *par Francisco Coloane*
P482. Jack Frusciante a largué le groupe, *par Enrico Brizzi*

P483. La Dernière Manche, *par Emmett Grogan*
P484. Les Lauriers du lac de Constance, *par Marie Chaix*
P485. Les Fous de Bassan, *par Anne Hébert*
P486. Collection de sable, *par Italo Calvino*
P487. Les étrangers sont nuls, *par Pierre Desproges*
P488. Trainspotting, *par Irvine Welsh*
P489. Suttree, *par Cormac McCarthy*
P490. De si jolis chevaux, *par Cormac McCarthy*
P491. Traité des passions de l'âme, *par António Lobo Antunes*
P492. N'envoyez plus de roses, *par Eric Ambler*
P493. Le corps a ses raisons, *par Thérèse Bertherat*
P494. Le Neveu d'Amérique, *par Luis Sepúlveda*
P495. Mai 68, histoire des événements
*par Laurent Joffrin*
P496. Que reste-t-il de Mai 68 ?,
essai sur les interprétations des « événements »
*par Henri Weber*
P497. Génération
1. Les années de rêve
*par Hervé Hamon et Patrick Rotman*
P498. Génération
2. Les années de poudre
*par Hervé Hamon et Patrick Rotman*
P499. Eugène Oniéguine, *par Alexandre Pouchkine*
P500. Montaigne à cheval, *par Jean Lacouture*
P501. Le Mendiant de Jérusalem, *par Elie Wiesel*
P502. … Et la mer n'est pas remplie, *par Elie Wiesel*
P503. Le Sourire du chat, *par François Maspero*
P504. Merlin, *par Michel Rio*
P505. Le Semeur d'étincelles, *par Joseph Bialot*
P506. Hôtel Pastis, *par Peter Mayle*
P507. Les Éblouissements, *par Pierre Mertens*
P508. Aurélien, Clara, mademoiselle et le lieutenant anglais
*par Anne Hébert*
P509. Dans la plus stricte intimité, *par Myriam Arissimov*
P510. Éthique à l'usage de mon fils, *par Fernando Savater*
P511. Aventures dans le commerce des peaux en Alaska
*par John Hawkes*
P512. L'Incendie de Los Angeles, *par Nathanaël West*
P513. Montana Avenue, *par April Smith*
P514. Mort à la Fenice, *par Donna Leon*
P515. Jeunes Années, t. 1, *par Julien Green*
P516. Jeunes Années, t. 2, *par Julien Green*

P517. Deux Femmes, *par Frédéric Vitoux*
P518. La Peau du tambour, *par Arturo Perez-Reverte*
P519. L'Agonie de Proserpine, *par Javier Tomeo*
P520. Un jour je reviendrai, *par Juan Marsé*
P521. L'Étrangleur, *par Manuel Vázquez Montalbán*
P522. Gais-z-et-contents, *par Françoise Giroud*
P523. Teresa l'après-midi, *par Juan Marsé*
P524. L'Expédition, *par Henri Gougaud*
P525. Le Grand Partir, *par Henri Gougaud*
P526. Le Tueur des abattoirs et autres nouvelles *par Manuel Vázquez Montalbán*
P527. Le Pianiste, *par Manuel Vázquez Montalbán*
P528. Mes démons, *par Edgar Morin*
P529. Sarah et le Lieutenant français, *par John Fowles*
P530. Le Détroit de Formose, *par Anthony Hyde*
P531. Frontière des ténèbres, *par Eric Ambler*
P532. La Mort des bois, *par Brigitte Aubert*
P533. Le Blues du libraire, *par Lawrence Block*
P534. Le Poète, *par Michael Connelly*
P535. La Huitième Case, *par Herbert Lieberman*
P536. Bloody Waters, *par Carolina Garcia-Aguilera*
P537. Monsieur Tanaka aime les nymphéas *par David Ramus*
P538. Place de Sienne, côté ombre *par Carlo Fruttero et Franco Lucentini*
P539. Énergie du désespoir, *par Eric Ambler*
P540. Épitaphe pour un espion, *par Eric Ambler*
P541. La Nuit de l'erreur, *par Tahar Ben Jelloun*
P542. Compagnons de voyage, *par Hubert Reeves*
P543. Les amandiers sont morts de leurs blessures *par Tahar Ben Jelloun*
P544. La Remontée des cendres, *par Tahar Ben Jelloun*
P545. La Terre et le Sang, *par Mouloud Feraoun*
P546. L'Aurore des bien-aimés, *par Louis Gardel*
P547. L'Éducation féline, *par Bertrand Visage*
P548. Les Insulaires, *par Christian Giudicelli*
P549. Dans un miroir obscur, *par Jostein Gaarder*
P550. Le Jeu du roman, *par Louise L. Lambrichs*
P551. Vice-versa, *par Will Self*
P552. Je voudrais vous dire, *par Nicole Notat*
P553. François, *par Christina Forsne*
P554. Mercure rouge, *par Reggie Nadelson*
P555. Même les scélérats…, *par Lawrence Block*

P556. Monnè, Outrages et Défis, *par Ahmadou Kourouma*
P557. Les Grosses Rêveuses, *par Paul Fournel*
P558. Les Athlètes dans leur tête, *par Paul Fournel*
P559. Allez les filles !
*par Christian Baudelot et Roger Establet*
P560. Quand vient le souvenir, *par Saul Friedländer*
P561. La Compagnie des spectres, *par Lydie Salvayre*
P562. La Poussière du monde, *par Jacques Lacarrière*
P563. Le Tailleur de Panama, *par John Le Carré*
P564. Che, *par Pierre Kalfon*
P565. Du fer dans les épinards, et autres idées reçues
*par Jean-François Bouvet*
P566. Étonner les Dieux, *par Ben Okri*
P567. L'Obscurité du dehors, *par Cormac McCarthy*
P568. Push, *par Sapphire*
P569. La Vie et demie, *par Sony Labou Tansi*
P570. La Route de San Giovanni, *par Italo Calvino*
P571. Requiem caraïbe, *par Brigitte Aubert*
P572. Mort en terre étrangère, *par Donna Leon*
P573. Complot à Genève, *par Eric Ambler*
P574. L'Année de la mort de Ricardo Reis
*par José Saramago*
P575. Le Cercle des représailles, *par Kateb Yacine*
P576. La Farce des damnés, *par António Lobo Antunes*
P577. Le Testament, *par Rainer Maria Rilke*
P578. Archipel, *par Michel Rio*
P579. Faux Pas, *par Michel Rio*
P580. La Guitare, *par Michel del Castillo*
P581. Phénomène futur, *par Olivier Rolin*
P582. Tête de cheval, *par Marc Trillard*
P583. Je pense à autre chose, *par Jean-Paul Dubois*
P584. Le Livre des amours, *par Henri Gougaud*
P585. L'Histoire des rêves danois, *par Peter Høeg*
P586. La Musique du diable, *par Walter Mosley*
P587. Amour, Poésie, Sagesse, *par Edgar Morin*
P588. L'Enfant de l'absente, *par Thierry Jonquet*
P589. Madrapour, *par Robert Merle*
P590. La Gloire de Dina, *par Michel del Castillo*
P591. Une femme en soi, *par Michel del Castillo*
P592. Mémoires d'un nomade, *par Paul Bowles*
P593. L'Affreux Pastis de la rue des Merles
*par Carlo Emilio Gadda*
P594. En sortant de l'école, *par Michèle Gazier*

P595. Lorsque l'enfant paraît, t. 1, *par Françoise Dolto*
P596. Lorsque l'enfant paraît, t. 2, *par Françoise Dolto*
P597. Lorsque l'enfant paraît, t. 3, *par Françoise Dolto*
P598. La Déclaration, *par Lydie Salvayre*
P599. La Havane pour un infante défunt *par Guillermo Cabrera Infante*
P600. Enfances, *par Françoise Dolto*
P601. Le Golfe des peines, *par Francisco Coloane*
P602. Le Perchoir du perroquet, *par Michel Rio*
P603. Mélancolie Nord, *par Michel Rio*
P604. Paradiso, *par José Lezama Lima*
P605. Le Jeu des décapitations, *par José Lezama Lima*
P606. Bloody Shame, *par Carolina Garcia-Aguilera*
P607. Besoin de mer, *par Hervé Hamon*
P608. Une vie de chien, *par Peter Mayle*
P609. La Tête perdue de Damasceno Monteiro, *par Antonio Tabbuchi*
P610. Le Dernier des Savage, *par Jay McInerney*
P611. Un enfant de Dieu, *par Cormac McCarthy*
P612. Explication des oiseaux, *par António Lobo Antunes*
P613. Le Siècle des intellectuels, *par Michel Winock*
P614. Le Colleur d'affiches, *par Michel del Castillo*
P615. L'Enfant chargé de songes, *par Anne Hébert*
P616. Une saison chez Lacan, *par Pierre Rey*
P617. Les Quatre Fils du Dr March, *par Brigitte Aubert*
P618. Un Vénitien anonyme, *par Donna Leon*
P619. Histoire du siège de Lisbonne, *par José Saramago*
P620. Le Tyran éternel, *par Patrick Grainville*
P621. Merle, *par Anne-Marie Garat*
P622. Rendez-vous d'amour dans un pays en guerre *par Luis Sepúlveda*
P623. Marie d'Égypte, *par Jacques Lacarrière*
P624. Les Mystères du Sacré-Cœur, *par Catherine Guigon*
P625. Armadillo, *par William Boyd*
P626. Pavots brûlants, *par Reggie Nadelson*
P627. Dogfish, *par Susan Geason*
P628. Tous les soleils, *par Bertrand Visage*
P629. Petit Louis, dit XIV. L'enfance du Roi-Soleil *par Claude Duneton*
P630. Poisson-chat, *par Jerome Charyn*
P631. Les Seigneurs du crime, *par Jean Ziegler*
P632. Louise, *par Didier Decoin*
P633. Rouge c'est la vie, *par Thierry Jonquet*
P634. Le Mystère de la patience, *par Jostein Gaarder*

P635. Un rire inexplicable, *par Alice Thomas Ellis*
P636. La Clinique, *par Jonathan Kellerman*
P637. Speed Queen, *par Stewart O'Nan*
P638. Égypte, passion française, *par Robert Solé*
P639. Un regrettable accident, *par Jean-Paul Nozière*
P640. Nursery Rhyme, *par Joseph Bialot*
P641. Pologne, *par James A. Michener*
P642. Patty Diphusa, *par Pedro Almodóvar*
P643. Une place pour le père, *par Aldo Naouri*
P644. La Chambre de Barbe-bleue, *par Thierry Gandillot*
P645. L'Épervier de Belsunce, *par Robert Deleuse*
P646. Le Cadavre dans la Rolls, *par Michael Connelly*
P647. Transfixions, *par Brigitte Aubert*
P648. La Spinoza connection, *par Lawrence Block*
P649. Le Cauchemar, *par Alexandra Marinina*
P650. Les Crimes de la rue Jacob, *ouvrage collectif*
P651. Bloody Secrets, *par Carolina Garcia-Aguilera*
P652. La Femme du dimanche, *par Carlo Fruttero et Franco Lucentini*
P653. Le Jour de l'enfant tueur, *par Pierre Pelot*
P654. Le Chamane du Bout-du-monde, *par Jean Courtin*
P655. Naissance à l'aube, *par Driss Chraïbi*
P656. Une enquête au pays, *par Driss Chraïbi*
P657. L'Île enchantée, *par Eduardo Mendoza*
P658. Une comédie légère, *par Eduardo Mendoza*
P659. Le Jardin de ciment, *par Ian McEwan*
P660. Nu couché, *par Dan Franck*
P661. Premier Regard, *par Oliver Sacks*
P662. Une autre histoire de la littérature française, tome 1, *par Jean d'Ormesson*
P663. Une autre histoire de la littérature française, tome 2, *par Jean d'Ormesson*
P664. Les Deux Léopards, *par Jacques-Pierre Amette*
P665. Evaristo Carriego, *par Jorge Luis Borges*
P666. Les Jungles pensives, *par Michel Rio*
P667. Pleine Lune, *par Antonio Muñoz Molina*
P668. La Tyrannie du plaisir, *par Jean-Claude Guillebaud*
P669. Le Concierge, *par Herbert Lieberman*
P670. Bogart et Moi, *par Jean-Paul Nozière*
P671. Une affaire pas très catholique, *par Roger Martin*
P673. Histoires d'une femme sans histoire, *par Michèle Gazier*
P674. Le Cimetière des fous, *par Dan Franck*
P675. Les Calendes grecques, *par Dan Franck*
P676. Mon idée du plaisir, *par Will Self*